冒険王❹

日露スパイ決戦

赤城 毅

ハルキ文庫

角川春樹事務所

目次

冒険王❹

日露スパイ決戦

本書は書き下ろしフィクションです。

第一章　旅順港は見えるか

1

月は、ごく痩《や》せ細《ほそ》っている。

そのわずかな光でさえも、今はうとましく、ときに雲がかかり、弦月の面《おもて》を隠してくれるのが心底有り難かったが――。

いっさいの灯火を消したジャンク船の甲板《かんぱん》上に立つ男は、顔をしかめた。

頼みの雲はつれなく流れ去り、淡い月光が、二百トンもないだろうジャンク船を照らし出したのである。

近くに危害を加えてくるような艦船はない。

旅順《りょじゅん》を封鎖している日本連合艦隊の哨戒艦《しょうかいかん》の明かりとおぼしき光点も、ずっと遠くにまたたいているだけで、とても、このジャンク船を捕捉しているとは思われなかった。

それでも、旅順潜入をくわだてているものにとっては、光が厭《いと》わしい。

男は、ずいぶんと若くみえた。実際には三十代なかばほどかもしれないが、どこか少年の趣《おもむ》きがあり、さわやかな香気を放っているのである。

もっとも、男の輝きは、黒でふち取られていた。

左頬に、うっすらと向かい傷のあとが残っており——といっても、この薄明かりのもとでは、彼を見たものがいたとしても、よほど眼《め》を凝《こ》らさなくては気づかなかっただろう——それが、日の当たる場所ばかりを歩いてきたわけではないということをおのずから悟らせるのであった。

男は、前方の闇《やみ》に視線を注いだ。

まったく見通しが利かないものの、その先には大ロシア帝国が極東に築きあげた大要塞の海の玄関、旅順口があるはずだった。

……ジャンクは風を頼りに、ゆるやかに進む。

船首に立つ波がいやに白く感じられ、男はいらだちを覚えた。

が、すぐに微苦笑を浮かべる。

いかに、日露両軍が濃密な監視網を張っている海域とはいえ、この程度のかすかな波を視認できる人間がいるとは思われない。

しかし——突然、眩《まばゆ》いばかりの光が閃《ひらめ》いた。

一筋、また一筋と、白い帯が宙にゆらめく。

その光線が黒い海面を舐《な》めはじめたころには、甲板上の男は、細長い包みを引き寄せていた。

中身は日本刀である。

縁あって祖父が譲り受けて以来、代々伝えられてきた会津《あいづ》の刀匠《とうしょう》和泉守兼定《いずみのかみかねさだ》の業物《わざもの》。この十年ほどのあいだ、男と生死をともにしてきた剣だ。

ただし、この場合、兼定に血を吸わせる必要はなかった。

海上をさまよっていた、いくつもの光は、男のジャンク船を認めるや、動きを止める。ついで、針路を指し示すかのように、ゆくてを照らし出したのだ。

光の正体は、旅順要塞の海側に据えられた探照灯であった。

ロシア軍守備隊は、日本海軍の封鎖を破って物資を運び込むジャンク船が来たのだとみて、探照灯で安全な航路に誘導してくれている。

「……うかつに進めば、こちらは海の藻屑《もくず》だったというわけだな」

男は、複雑な表情になって、ひとりごちた。

旅順要塞は、敵国日本の軍艦が接近して攻撃できないよう、海側に要塞砲を配した上に、機雷を敷設《ふせつ》している。つまり、このあたりは今のところ、世界で一、二を争う危険な海面になっているといえよう。

もし、要塞側の指示がなければ、旅順の港にたどりつくどころか、機雷に触れて、こっぱみじんになっていたことは間違いない。

ただし、そういう水域に達したということは、逆にいえば、旅順口外で封鎖にあたっている連合艦隊の砲撃を受ける心配はない。機雷に触接したり、要塞砲の射撃を受けることを警戒しているので、ある距離を越えて踏み込んでくることはないからだ。

「敵が味方で、味方が敵か。やっかいな仕事だ」

一週間ほど前に、この任務を命じられたときのことを思い起こしながら、男――日本の間諜《スパイ》志村一心《しむらいっしん》は苦々しげに呟《つぶや》いた。

身体《からだ》の芯《しん》までも突き刺すような寒風を受けながらも、潮焼けした下士官の指揮のもと、水兵たちは一糸乱れずオールをめぐらす。

短艇《カッター》は水すましのごとく滑《なめ》らかに海面を進んだ。

その短艇に便乗していた一心の視線の先に、連合艦隊の威容が現れる。

思わず嘆声《たんせい》が洩《も》れた。

「浮かべる城」とは、よく言ったものだ。

ここ、遼東《りようとう》半島の東側、裏長山《うらちようざん》列島にある泊地に並んだ日本戦艦群は、それほどに印象的であった。

旗艦の「三笠《みかさ》」以下、戦艦や装甲巡洋艦《じゆんようかん》がたちならび、まるで洋上に一大都市が出現したかのごとくだ。

これらの一艦一艦が、列強の軍艦に優《まさ》るとも劣らぬ高性能を誇っているのだと思うと、いっそう頼もしい。貧乏国日本が歯を食いしばり、無理に無理を重ねて、この大艦隊をつくりあげたのだという感慨を覚え、胸が熱くなった。

やがて、三笠の舷側《げんそく》に横付けしたカッターは、クレーンの一種であるデリックを使って、甲板上に引き上げられる。

迎えに出ていた海軍少尉の案内に従い、一心は中甲板につながるはしご状の階段《ラッタル》を下った。

軍艦に乗るのは初めてではないが、やはり三笠ぐらいの大戦艦になると、艦内は迷路のようで、少尉が先導してくれなければ、どうにもならなかっただろう。

「こちらです、志村さん」

細い通路の先にある一室の扉を指した少尉は、早足で進み、ノックした。

「お連れしました」と少尉が声を張り上げると、間髪入れずに扉の向こうから「入ってよし」の答えが返ってくる。

一足先に室内に入って敬礼した少尉に続き、足を踏み入れた一心は、思わず眉を寄せてしまった。

部屋のあるじが、あまりにも異様なありさまをしていたからである。

階級章を見れば、中佐である上に参謀であることを示す金縄を吊《つ》っている。つまり、三笠もしくは三笠に司令部を置く連合艦隊の幹部にちがいない。

容貌も、西洋人を連想させる端整なもので、立派な口ひげがよく似合っている。

にもかかわらず、この中佐は、どこかおかしかった。

まず、海軍で第一種軍装と呼ばれる濃紺《のうこん》の冬服、その上着のへその下あたりにズボンのベルトを締めている。むろん、上着の下に隠すようにするべきで、あきらかな服装規定違反だ。

それだけでも服装や立ち居振る舞いにやかましい海軍士官にあるまじきことなのに、中佐は、ポケットに手をつっこんでは、何かを口に運んでいる。

かりっ、かりっと小気味よい音がするから、豆でも嚙《か》んでいるのか。

およそ呆《あき》れはてたさまだったが、かてて加えて、かすかに異臭がただよってくる。どうも、相手は何日も風呂に入っていないらしい。

一心としては、いささか閉口したけれど、中佐は、こちらの反応など意に介していなかった。

「ご苦労。下がってよろしい」

あごをしゃくるようにして、案内の少尉を下がらせた中佐は、きょろきょろと左右を見まわした。

狭い室内には、何枚もの海図を載せた卓と寝台があるものの、椅子《いす》は、自分が座っている、折り畳み式の粗末なそれしかないから、客を座らせることもできないと気づいたとみえる。

さて、どうするのか。

従兵でも呼んで、もう一脚運び込ませるか。

やや意地悪い眼で一心が観察していると、中佐は予想外の行動に出た。

ふんと鼻を鳴らすと、立ち上がって、一心に椅子を勧める。そうして、自らは寝台に腰を下ろしたかと思うと、大あぐらをかいたのである。

しかたなく一心も座ると、中佐が眼の前の卓に握ったこぶしを突き出した。

その手が開かれるとともに、卓上の海図の上に煎《い》り豆がこぼれ落ちる。

食え、ということなのだろう。

なるほど、噂《うわさ》にたがわぬ変人だ。

対ロシア戦争における海軍の作戦はすべて、この頭脳からわきでた発想がもとになっているという。しかしながら、性格や習慣は常軌《じょうき》を逸《いっ》している。

連合艦隊作戦参謀秋山真之《あきやまさねゆき》中佐は、まさにそういう評判通りの人物だった。

毒気を抜かれた体《てい》になった一心は、おそるおそる手を伸ばして、煎り豆をつまみ、口に放り込んだ。奥歯を鳴らすと同時に、秋山中佐がにんまりと笑う。

存外、愛嬌《あいきょう》のある表情だった。

2

明治三十七（一九〇四）年、日本はついにロシアとの戦争に突入した。

ちょうどその十年前にはじまった日清《につしん》戦争に勝利した結果、締結された下関《しものせき》講和条約で、日本は台湾や澎湖《ほうこ》諸島に加えて、遼東半島をもあらたな領土とするはずだった。

ところが、日本が極東の一大勢力となるのは面白くないと、ロシアは、ドイツならびにフランスとかたらって、明治二十八年、三国干渉を敢行、遼東半島獲得をあきらめさせたのである。

それだけでも屈辱的な話であるが、東洋平和うんぬんときれいごとを並べていたロシア自身が、遼東半島の突端にある要港旅順を租借《そしやく》、事実上の領土としたのだから、日本人としてはおさまるはずがない。

だが、ロシアの侵略は、その後も着々と進んだ。

明治三十三年の義和団事件を奇貨《きか》として、満洲《まんしゆう》に派遣されたロシア軍の大部隊は、そのまま居座ったばかりか、増強されはじめたのだ。

その武力を背景に、ロシアはさらに朝鮮半島への進出をくわだてた。

日本としては、とうてい認められない事態である。

地図をみれば一目瞭然だろう。大陸に強大な勢力が現れた場合、朝鮮半島はまさに日本列島の横腹を衝《つ》く短刀となるのだ。

もし、旅順やウラジオストックに置かれた艦隊の支援を受けて、ロシア軍が朝鮮から日本侵攻作戦を開始したなら、維新《いしん》このかた三十余年をかけて建設してきた近代国家は滅亡の憂き目に遭《あ》いかねない。

しかしながら、圧倒的な国力の差を考えれば、安易に戦争に打って出ることもできぬ。

そのため、日本政府はロシアに対し、ぎりぎりまで交渉を重ねたが、北の大国は譲らない。

明治三十七年二月四日、明治天皇の臨席を仰いでの御前会議《ごぜんかいぎ》により、日本政府はとうとう対露開戦を決意した。

三国干渉以来、つもりつもった遺恨《いこん》をはらすときがやってきたのである。この間、国民が窮乏に耐え忍びながら納めた血税によって築かれた陸海軍が、満洲の野と極東洋上に放たれたのだ。

その戦果はめざましかった。

陸軍は朝鮮半島から鴨緑江《おうりょっこう》を渡り、満洲に展開したロシア軍を撃破、九月には遼陽《りょうよう》を占領している。

海軍も緒戦で仁川《じんせん》にあった敵艦隊を奇襲、巡洋艦・砲艦各一隻を撃沈したのを手はじめとして、さまざまな活躍をみせ、八月の黄海《こうかい》海戦では旅順脱出をはかったロシア太平洋艦隊を撃退、同港内に押し戻していた。

つまり、戦局は日本に有利に展開しているのであるが——。

どっかと寝台に座り込み、ひっきりなしに煎り豆を口に放り込んでいる秋山中佐は不機嫌そのもので、戦勝に傲《おご》っているようすはみじんもない。

「……さて、志村くんとやら」

煎り豆を嚙《か》みくだいて、ぐっと呑《の》み込んでから、秋山は話を切り出した。

「君はかって陸軍士官で、中尉まで進級したと耳にした。あながち素人《しろうと》ではあるまい」

鋭い視線を注ぎながら、尋ねてくる。

「今のいくさをどう思う?」

単刀直入な問いかけに、一心は詰まった。

むろん、存念《ぞんねん》がないわけではないが、口にするのは、はばかられる内容である。

「かまわん。考えていることを洗いざらい話してみたまえ」

一心の胸のなかを透視したかのように、秋山が重ねてうながした。もう黙っているわけにもいくまい。

「このままでは……わが国は敗れることになるかと……」

大胆かつ不吉な予測を洩らした。

言ってしまった一心自身が、しまった、もっと当たりさわりのない表現をすべきだったと後悔したぐらい、率直すぎるせりふであった。

だが、秋山は怒ったりはしない。

しばらく無表情なままで口ひげをひねっている。

ややあって、卓上の海図をめくり、そのうちの一枚を一心の前に押し出してみせる。

旅順と周辺水域を示す海図であった。

それが何を意味するかを理解できないほど、一心は無知でも愚かでもない。

そう、今、明治三十七年の日本は、この要塞のために存亡の危機に立たされていた。

旅順攻略のために、乃木《のぎ》希典《まれすけ》大将率いる第三軍が編成され、二度にわたり、総攻撃が実施されている。が、いずれも大損害を出し、惨憺《さんたん》たる失敗に終わっていた。

もともと、日本陸軍の対露作戦計画は満洲の野でロシア軍と雌雄《しゆう》を決することに重点が置かれており、旅順攻略はいわば片手間の仕事としか考えられていなかった。

にもかかわらず、旅順を手つかずのままにしておけば、そこを根拠地とするロシア太平洋艦隊とヨーロッパ・ロシアから回航されてくる本国艦隊が合流し、海上戦の勝ち目はなくなる。

従って、なんとしても旅順を無力化してほしいとの海軍の要請があり、陸軍としても無視できなくなったのだ。

ちなみに、ロシア艦隊の増援はのちに現実になり、日本海海戦の生起となるのだが、それを語るのは気が早すぎるだろう。

ともあれ、こうした事情から、乃木将軍の第三軍は総攻撃を実施し、みじめな失敗を喫したのである。

なんとも歯がゆいばかりだ。

日本国のスパイとして、裏の裏を知る一心は、秋山に気取られないようにしつつ、胸のなかでひとりごちる。

一心は、明治二十八年に、三国干渉に対する憤激ゆえに事件を起こし、それがために陸軍を辞して、間諜の世界に飛び込んだ。

以後、十年近くにわたり情報活動に従事しているのだが、そのなかには旅順要塞をめぐる諜報戦《ちょうほうせん》もあった。

もっとはっきりいってしまえば、三年前の明治三十四年に英京ロンドンでロシア秘密警察の手先相手に死闘を演じ、その代償として旅順要塞中心部の設計図を入手、日本陸軍参謀本部に渡しているのである。

それは旅順攻略の決定打になりうるから、第三軍があのようなぶがいない敗北をこうむることはあり得ないはずだ。

なのに、乃木将軍が苦戦しておられるのは、参謀本部の石頭どもが、せっかくの情報を無視し、宝の持ちぐされにしてしまったか。

……いや！

かぶりを振りそうになるのを強いて抑えたものの、苦い表情までは消せなかった。

おそらく参謀本部、それに第三軍の上にある満洲軍総司令官元帥大山巌《おおやまいわお》大将も、旅順要塞の構造がわかっている以上、どう攻めれば、いちばん効率的かなどとは百も承知であろう。

しかし、正攻法で要塞を陥落させるには時間がかかる。攻囲戦の主役は、歩兵ではなく、砲兵と工兵なのだ。

要塞の敵火砲を沈黙させるだけの多数の砲を集めるにも、坑道を掘り進めていって、防御施設を地下から爆破するにも、気の遠くなるような時間を必要とする。

だが、ヨーロッパからロシア艦隊がやってくる前に、旅順のロシア艦隊を撃滅するという戦略的課題を考えれば、とてもそんな悠長《ゆうちょう》なことをやってはいられない。

しかたなく、乃木第三軍司令官は、「肉弾《にくだん》」、すなわち歩兵の突撃により、旅順要塞を奪取することを試みざるを得なかったにちがいない。

わずかなあいだに、一心は、そこまで考えを進めた。

もっとも、秘密はそれを知らなければならないものにしか教えないというのが、情報活動の鉄則であるから、ずっと口をつぐんだままで、旅順要塞の設計図奪取にかかわったことなど、おくびにも出さなかった。

ただ、秋山が、はらわたまでも見透かしているかのような眼で、こちらをうかがっているのが薄気味悪い。

なにぶん、相手は連合艦隊作戦参謀である。

ひょっとしたら、陸軍参謀本部に旅順要塞設計図が届いていたこと、それをもたらしたのはこの志村一心であることも承知の上で、しらんぷりを決め込んでいるのかもしれない。

それぐらいの芸当は、秋山ほどの曲者《くせもの》となれば、朝飯前だろう。

けれども――その曲者が、ふいに大きなため息をついた。

「志村くん、君の言う通りだ」

手に付いた煎り豆のかすをズボンでこすり落とすと――英国紳士流の礼儀を叩《たた》き込まれる海軍士官にあるまじき不作法ではあった――秋山は一心を正面から見据えてきた。

「わが連合艦隊を一としよう。旅順にあるロシア太平洋艦隊が一、バルト海にあるロシア艦隊が一で、一足す一は二。一が二に勝てないのは、子供でもわかる道理だ」

秋山は眉根を寄せると、禍々《まがまが》しい響きを帯びた単語を呟いた。

「バルチック艦隊」

説明されるまでもなかった。

ロシア本国から回航され、極東水域に向かってくる強大な艦隊のことである。この艦隊だけでも、日本の連合艦隊に匹敵するだけの戦力を有している。

正式には、旅順に在る太平洋艦隊にあらたに「第二」を冠した上で、それと同格の、「第二太平洋艦隊」と命名されたという。

まさに、太平洋で日本艦隊と決戦せんとする意志がこめられたものにちがいない。

「さよう、バルチック艦隊は、すでにバルト海の不凍港リバウを出発したとの情報が入っておるのだ。彼らが到着する以前に、旅順のロシア艦隊を無力化しなければ、海戦の敗北は必至」

「そして、海戦に敗れ、制海権を維持できなくなれば、満洲の陸軍は補給を断たれて、干上がってしまう。つまり、日露戦争は、そこで決着がついてしまうことになります」

「君は理解が早い。話しやすいぞ」

秋山は微笑した。が、そのうっそりとした笑顔を見ていると、腹に一物あるようで、あまり気をゆるめられない。

一心の観測は正しかった。

つぎの瞬間、秋山は、にこにこと笑ったまま、突拍子もないことを述べたのである。

「だから、旅順は占領しなくてもよいのだ」

3

どういうことだ？

ロシアが誇る大要塞旅順を陥落させなければ、その太平洋艦隊は健在のままとなる。それが、来寇《らいこう》するバルチック艦隊と合流すれば、連合艦隊には万に一つも勝ち目はない。

たった今、秋山自身が認めたことではないか。

「ふむ、いささか飛躍しすぎたか」

おそらく、一心がけげんそうな顔をしていたためであろう、中佐は解説に移った。

「われわれがつぶしたいのは、ロシア艦隊であって、旅順そのものではない。極端なことをいえば、軍艦が健在であっても、脅威とならないかたちにしてしまえば、問題はないのだ。ゆえに、三回も旅順港閉塞《へいそく》作戦を敢行したのだが……」

秋山は渋面《じゅうめん》をつくり、後段を呑み込んだ。

一心としても踏み込んで、先を聞く気にはなれない。

中佐が指摘した通り、日本海軍は三度にわたり、旅順港閉塞を試みている。

老朽船が湾口に進入、そこで自沈して、艦船の航行を不可能にしてしまう決死の作戦だ。

要塞の海の出入り口である旅順口の水路が細く、封鎖が容易であると思われたために採られた策で、それが成功していたら、ロシア艦隊は、たとえ無傷であっても、港内から出られなくなり、日本艦隊に脅威を与えることは不可能となっていたであろう。

だが、ロシア軍沿岸砲台の威力は予想外に大きく、二月、三月、五月と繰り返された閉塞作戦は、いずれも失敗に終わっていた。

とくに、第二次旅順港閉塞作戦のことを思うと、一心の胸は痛む。

かつて一心は、ロシア駐在海軍武官だったころの広瀬《ひろせ》武夫《たけお》中佐の知遇を得たことがある。男らしく、気の優しい豪傑で、その性格にすっかり魅了されたものであった。

その広瀬も、第二次閉塞作戦を指揮しているさなかに戦死してしまった。敵の砲弾に直撃され、骨も残らなかったと伝えられる。軍功を讃《たた》え、即日中佐に特進となったが、そんなことは一心にとっては、何の慰めにもならない。

聞けば、秋山中佐は、海軍兵学校で広瀬中佐の二期下で、親交も深かったという。旅順港閉塞作戦について口を閉ざしたのも、それが成功しなかったためだけではないのかもしれない。

「過《す》ぐる八月の黄海海戦は、旅順艦隊を撃破するという意味では、絶好の機会だった。しかし、取り逃がしてしまったよ」

唐突に、話を再開した秋山は、情けなそうに首を振った。これについても、ことさら説明してもらうまでもない。

明治三十七年八月十日、旅順に逼塞《ひっそく》していたロシア太平洋艦隊は、突如《とつじょ》出撃してきた。その目的は、陸海からの猛攻にさらされている旅順を脱出し、ロシア海軍の極東におけるもう一つの根拠地ウラジオストックに逃れることであった。

一説によれば、ロシア太平洋艦隊を率いていたウィトゲフト少将は、日本海軍が常時港口を封鎖していることから突破は困難と判断、脱出を渋っていたが、露帝《ツァーリ》の意向をちらつかされ、やむなく作戦実行に踏み切ったのだという。

いずれにせよ、ロシア太平洋艦隊を撃滅すれば、連合艦隊は本土に帰還、来るべきバルチック艦隊との決戦に備えることができる。

しかし、結果ははかばかしくなかった。

東郷平八郎《とうごうへいはちろう》大将を司令長官とする連合艦隊は、およそ八時間にわたり、執拗《しつよう》にロシア太平洋艦隊を追撃したけれども、ついに決定的打撃を与えることができず、敵が旅順に引き返すのを妨げられなかったのだ。

この黄海海戦以後、ロシア太平洋艦隊は旅順にひきこもり、港外に出ようとしなくなったのである。

「実のところ、海からやれることはすべて尽くした、というのが私の考えだ」

むっつりとした顔で、秋山が先を続ける。

「あとは陸軍によって、旅順にこもっているロシア艦隊を追い出してもらうほかない。が、八月の第一回総攻撃も、ついこのあいだの第二回総攻撃も失敗した」

一心も、憂鬱な思いを隠しながら、小さくうなずいた。

第一回総攻撃では死傷者一万五千、第二回総攻撃でも、八千近い死傷者を出したと伝えられている。これだけの犠牲によって得られたものはといえば、いくつかの堡塁《ほうるい》や砲台だけで、旅順要塞に致命傷を与えたとは、とてもいえなかった。

「だが、いいかね。こんな屍山血河《しざんけつが》を築くような突撃は、もともと不必要だったのだ」

「お言葉ですが……聞き捨てならないことをおっしゃいますね。あれだけの命を捧《ささ》げた攻撃が無意味だと？」

一心は椅子に座り直し、背筋を伸ばした。

いよいよ話が核心に入ったと直感したのである。

が、秋山は口を閉ざしたまま、再び卓上の海図の束をかきまわし、別の一枚をさしだした。

眼を落としてみると、これは海図ではない。等高線や河川森林が詳細に描かれた陸軍の軍用地図だ。

「これが、いったい……」

思わず、いぶかしげな声をあげてしまった一心に対し、秋山は不敵な笑みをひらめかせると、地図上の一点を指さした。

旅順市街北西部にあたるそこには、二百三高地という地名が記されている。

「志村くん、すでに述べた通り、われわれに必要なのは、旅順の占領ではなく、その鉄壁の要塞に守られた艦隊を撃滅することだ」

そう言われても、この二百三高地とやらと艦隊撃滅の関連がわからない。

一心は眼を凝らし、旅順とその周辺の地形を子細《しさい》に検討してみた。

丘や山の高低、艦隊がいるであろう港の位置……。

やがて、あることに思い当たり、声をあげそうになった。

もし二百三高地を占領できれば、そこから港内を見下ろせるのではないか?

「察したようだね」

一心の表情の変化を観察していた秋山が、重々しい声で告げた。

「二百三高地に観測班を置けば、その指示に従い、港内のロシア艦隊を砲撃することができる。少なくとも私は、そう考えている」

「でしたら、そう意見具申して、二百三高地に主攻撃を向けるよう、陸軍に要請を……」

「その程度の働きかけは、もうやった」

秋山中佐は、一心の発言をさえぎると、不服そうに鼻を鳴らした。

「わが海軍と陸軍のあいだに、見解の相違が生じておるのだ」

ぼそりと言い放つと、またしても、煎り豆を口のなかに放りこみはじめた。それが論敵であるかのごとく、音を立てて噛みくだく。

そうして、ひとしきり豆を噛《か》んでいるうちに落ち着いてきたのか、秋山は低い声で説明した。

「二百三高地占領案に難色を示しているのは、満洲軍総参謀長児玉源太郎《こだまげんたろう》大将だ」

秋山は、大物の名前を出してきた。

児玉大将といえば、かつて日本陸軍をドイツ流に改革するために招聘《しょうへい》されてきたプロシア参謀メッケルから、またとない頭脳の持ち主と激賞されたという逸話からもわかる通り、作戦の鬼才として知られている。

現在は、大陸にある日本陸軍の全部隊を指揮下に置く満洲軍の総参謀長をつとめ、日露戦争の陸戦に関する全責任を負っているといっても過言ではない。というのは、実際の作戦立案にあたるのは、軍総司令官大山大将ではなく、総参謀長だからだ。

たとえるなら、将兵の統率にあたる大山軍司令官は満洲軍の心臓、彼らの戦力を最大限に生かす策を練る児玉総参謀長は脳髄であるといえよう。

その児玉が反対しているとなれば、さしもの秋山真之といえども、そう簡単に主張を押し通すことはできまい。

「しかし、なぜです？　児玉閣下といえば、神算鬼謀《しんさんきぼう》のひととして知られたお方。おそらく、二百三高地の戦略的な意味もご存じかと……」

「児玉閣下は、来年一月までに、坑道戦により旅順北東にある望台《ぼうだい》高地を占領するとおおせでな。ここを握れば、旅順港内はもちろん、要塞全体を展望することができ、その死命を制することができるというご意見だ。ただし」

もう一つ、煎り豆を噛んでから、言葉を継ぐ。

「児玉閣下がおっしゃることは額面《がくめん》通りには受け取れん。なるほど、筋は通っているが、狙いは別のところにある」

「とおっしゃいますと……政略？」

ほとんど反射的に答えを返した一心だったが、それは正鵠《せいこく》を射ていたらしく、秋山は破《は》顔《がん》した。

「さよう。さすがは満洲軍総参謀長さ。ことは、単にロシア太平洋艦隊を無力化すればいいという段階ではなくなっておる。旅順を攻略できるかどうかは、戦争を左右する大問題になっているのだ」

一心もうなずいてみせた。

旅順の攻防には、すでに戦術や作戦以外の要素が入り込んでいる。純軍事的にいえば、先ほど秋山が指摘したように、艦隊を無力化すれば目的は達せられるので、必ずしも要塞自体を占領する必要はない。

しかし、二度にわたる総攻撃を撃退された上に大損害を出したとあっては、それだけの話ではすまなかった。

　国際世論を無視できなくなってきたのである。

　ロシアは、旅順要塞は難攻不落であり、これからも未熟な日本軍の血を吸ってやまぬであろうと宣伝し、戦争全体も同様の結末を迎えると断言していた。

　つまり、旅順攻略は日露戦争の縮図とされ、その帰趨《きすう》がすなわち勝敗を占うものという理解が、世界に広まってしまったのだ。

　となれば、海軍が求めているように二百三高地を占領し、そこからの観測によってロシア艦隊を撃破するだけでは足りない。

　要塞すべてを占領し、大和魂《やまとだましい》がスラヴ魂を屈服させたのだと、かたちにして示さなければならないのである。

　さもないと、国際世論は、戦争は日本に不利に進んでいると判定するであろう。それは、ただちに同盟国であるイギリスをはじめとする友好国の態度の冷却、ひいては戦費をまかなうのに絶対必要な外債《がいさい》募集がとどこおることにつながる。

　しょせん印象でしかないのであるが、国際政治においては、それが往々にして、意外なほどの影響力を振るう。

　児玉大将は、そうしたことを百も承知しているから、小手先の勝利ではなく、旅順大要塞を攻略するという花火をあげるべきだと主張しているのにちがいない。

「閣下のご意見は、まことにごもっともだ。旅順要塞の占領が政治的にも重要だということには、私も異議はない。だが、海軍の事情もある」

苦りきった顔になって、秋山は呟いた。

「ロシア艦隊が旅順から出てこない以上、わが連合艦隊も泊地に陣取って、封鎖を続けていなければならん。そんなことをやっていたら、フネが錆《さ》びてしまう」

秋山は端的に「フネが錆び」るという表現をしたが、その意味は、補足してもらわなくとも理解できた。

軍艦は、使っているうちに、どんどん性能が落ちるのである。

もちろん、さまざまな箇所に故障が生じたり、部品が老朽化することもあるが、何よりも喫水線から下に貝や藻《も》のたぐいが貼りつき、抵抗を増して速力を低下させてしまう。加えて、砲術の腕前も、訓練の機会を得られなければ、急激に落ちるというのが海軍の常識だ。

「一刻も早く旅順のロシア艦隊を無力化し、日本に戻って艦を整備し、将兵を鍛え直したい。児玉閣下の政戦略上の配慮はおおいに尊重するが、一方で連合艦隊を自由にしてくれという願いもある。いや、むしろ後者が、われわれの本音だ。よって、陸軍には可及的速やかに、より奪取しやすい二百三高地を占領して欲しいのである」

秋山は、あぐらを解き、寝台の上から身を乗り出してきた。

「だが、それをうながすためには、二百三高地からの観測によって、旅順のロシア艦隊を制圧できることを証明し、反対論を一蹴《いっしゅう》しなければならん」

一心は、二の腕の表面あたりに、ざわつくような感触を覚えた。

ここまでの話からすると、その二百三高地から旅順港内を見渡せるかどうかを確認する役目はつまり……。

「志村くん。日本間諜の切り札である君に海軍が託すのは、旅順に潜入し、実際に二百三高地に登って、港内すべてを観測できるかを確認する任務だ」

あまりに無茶な命令を発するのが後ろめたいのか、秋山は早口に述べる。

一心が、内心危惧していたことそのままの内容だった。

「無茶です。旅順は、ロシア軍によって海陸両面ともに厳しく警戒されているではありませんか。だからこそ、旅順港閉塞もあえなく失敗したのでは？」

反問する一心だったけれど、陸の児玉に優るとも劣らぬ鬼謀のひとである秋山真之ともあろう男が、その程度の異議を予測していないわけがなかった。

「残念ながら、わが海軍も旅順と外界との連絡を完全に遮断してはいない。たとえば、敵が伝書バトを使って、外と通信している形跡がみられる」

「俺に翼はありません」

思わず、遠慮会釈《えんりょえしゃく》もないことを口走ってしまった一心である。

が、言い過ぎたかと、秋山のようすをうかがってみると、意外にも愉快そうであった。どうも、一心と丁々発止のやり取りをするのがお気に召したようである。

「ふむ、翼はなくても、人間には船という道具がある」

「ご冗談を。うかつに旅順に近寄れば、要塞の海岸砲にめった撃ちにされてしまいます」

「敵艦ならば、そうだ。しかし、味方の船はちがう」

予想外のことを言われ、一心は、ぐっと詰まった。

味方の船というと……鹵獲《ろかく》したロシアの軍艦でも使うというのか？

「軍艦や商船は使わない。そうした艦船は、かたちからすぐに所属がわかってしまうからな。ただ、ジャンク船だったら、どうだろう」

支那人《しなじん》が使う木造の帆船を例にあげてきた。

大波にも耐えうる構造になっているため、河川はもちろん、海洋でもよく使われる船だ。小は川舟程度、大きくなると二千トンを超えるものもある。

「ロシア軍人、あるいは彼らに雇われた支那人は、しばしば夜陰《やいん》にまぎれて、ジャンク船で物資を運び込んでいる。要塞内には大量の弾薬や食糧が備蓄されていて、当分不自由はないらしいが、籠城がいつまで続くかは、誰もわからん。手に入るときに運び込んでおきたいというところだろう」

「そうした支那人に化けて、ジャンク船で海から潜入せよとおっしゃるのですか」

「それ以外の理解をされたのだとしたら、私の説明が悪かったということになる」

持ってまわった言い方で、中佐は、一心に困難な任務を与えたことを確認した。

「すぐに支度《したく》にかかってくれたまえ。ジャンク船の手配や身分の偽装に必要な衣裳《いしょう》や書類の調達など、やることは多かろう。まあ、もっとも」

言葉を切った秋山は、ひとの悪い笑みを浮かべた。

「欧亜《おうあ》を股にかけて活躍してきたスパイ王、志村一心だ。さほどの苦労でもないと思うがね」

否《いや》も応《おう》もなかった。

そもそも、どんなに無理な任務であろうと、間諜に仕事を拒む権利などないのである。

「旅順口封鎖にあたっている艦隊には、俺の乗っているジャンク船は撃つなと通達していただけるんでしょうね」

これ見よがしにため息をついてから尋ねた一心に、秋山中佐は大仰《おおぎょう》に驚いてみせた。

「まさか。わが艦隊では、哨戒艦や水雷艇《すいらいてい》に至るまで、封鎖突破をはかる船があれば、撃沈もしくは拿捕《だほ》せよと厳命されている。むろん、君のジャンク船も例外ではない」

中佐は、何度もかぶりを振った。

「だいいち、手心を加えたら、このジャンク船には日本の息がかかっていますと、ロシア軍に教えてやるようなものではないか」

ぐうの音も出なかった。たしかに、秋山の言う通りだ。たとえ、味方の軍艦に攻撃されるはめになろうと、あくまでロシア軍に与《くみ》した支那人のふりをしつづけなければならない。ただ、皮肉な話ではあるものの、そうした偽装をほどこしている分には、逆に旅順の大砲に撃たれる心配はなかろう。

それにしても、とほうもない難題を押しつけられたものだ。

これまでにも、数えきれないほど危険な任務を遂行してきた。ただ、まさに戦争を行っているさいちゅうに、敵の要塞に忍び込んで、その核心部分を実見してこいとは……。

普通だったら、逃げ出したくなっても不思議はない。が、奇妙なことに、一心は、胸の底に挑戦心ともいうべきものがわきあがってくるのを感じていた。

いのちを惜しむ気持は、とっくの昔、間諜の道に進んだときに捨てた。あとに残ったのは、わが美しきふるさとと、愛すべき国民《くにたみ》をおびやかす敵に、少しでも打撃を与える、よき仕事がしたいという望みだけである。

そう考えると、今度の任務も、実にやりがいのあるものといえた。

秋山も、そんな一心の思いを感じ取ったか、表情をひきしめた。

「いくさは惨《むご》いものだ。ときに、親も子もある兵隊に死ねと命じなければならぬこともある。だが、だからこそ……戦うからには勝たねばならぬ」

連合艦隊数万の将兵の生命を左右する立場に在る人物の言葉には重みがあった。

ついで、秋山は寝台から立ち上がり、不動の姿勢を取った。

さらに、きりりとした敬礼を一心に向ける。

今までのだらしなさが嘘《うそ》のような、端正な挙措《きよそ》であった。

4

ジャンク船は、探照灯の光に導かれながら、旅順港に近づいていった。

やがて、港の一角とおぼしきところに、新しい光がともり、ちらちらと点滅する。そこが桟橋《さんばし》なのだろう。

一心は、その光に向けて進むよう、支那語で、四人の船員にさしずした。いずれも急遽《きゆうきよ》雇い入れた現地の人間ばかりだが、以前、ともに働いたことのある日本陸軍の特務機関「九尾《きゆうび》機関」を通じて手配しているので、とりあえず信頼は置けるだろう。

支那人船員たちは、一心の指示に従い、たくみに帆をあやつる。

ふいに、薄闇のなかに、ぼんやりとした影が現れ、桟橋のかたちになった。

何人か、大柄の男がいるのがわかる。おそらく、旅順要塞の兵站《へいたん》担当者だ。

ジャンク船が桟橋に横付けになり、もやい綱が投げられると同時に、そのなかの一人がロシア語で声をかけてきた。

「叔父《ヂャーヂャ》さんか？」

「ええ《ダー》、ええ《ダー》」

一攫千金《いっかくせんきん》を狙って、旅順封鎖の突破を試みた支那の冒険商人をよそおうため、わざとへたくそなロシア語で答えながら、一心は胸のなかでほくそ笑んだ。

今夜、ロシア軍に味方する支那商人が、決死のかくごで旅順港内に潜入する。その暗号名は「叔父さん」だから、要塞の当該部局の責任者は受け入れてやってほしい。

そうした趣旨がロシア側に伝わるよう工作してほしいと、「九尾機関」に頼んでおいたのだ。

もちろん、敵に謀略だと気取られないため、二重スパイなどを通した複雑な経路を使い、もっともらしい情報にみえる工夫がほどこされていることはいうまでもない。

それが、みごとに功を奏しているのである。

舷側から桟橋に飛び降りた一心は、声をかけてきたロシア人と相対した。

海軍少尉の軍服を着た、無愛想な男である。

その仏頂面《ぶっちょうづら》が、にわかにゆるんだ。

一心が心得顔でちらつかせた、ウォッカの瓶《びん》が眼についたのであろう。

「さあ、旦那《ガスパージン》。ロシアの勝利を祈って、ぐいっと飲《や》っておくんなさい」

そう言って差し出すと、少尉は、答える間も惜しいというふうに栓を抜き、ぐっとあおる。ついで、まわりの部下らしき男たちにまわした。

いずれも眼を輝かせている。このぶんだと、絶対に必要な食糧や弾薬は別としても、酒や甘味といった贅沢品《ぜいたくひん》は底を突きはじめているのかもしれない。ともあれ少尉は、戻ってきたウォッカのわずかばかりの残りを飲み干すと、空き瓶をかたわらに投げ捨てた。

それから、一心を抱きしめて、頬にキスしてくる。

いささか気味悪く、また有り難迷惑でもあったが、ロシア流に親愛の情を示しているのであった。

どうにか、警戒を解くことはできたとみえる。

「旦那。小麦粉に缶詰、ウォッカも一箱積んでまいりやした。どうぞ、受け取ってやってください」

少尉やその部下たちに愛想をふりまいてから、ジャンク船の支那人に合図した。

すぐに荷下ろしがはじまる。が、ロシア人たちは突っ立っているばかりで、手助けしようともしない。

船員の仕事などできるかと思っているのか、それとも、支那人を蔑視《べっし》している？

あるいは……その両方か。

一心は、不快を覚えながらも、表面的には揉《も》み手《で》せんばかりのしぐさで、少尉にすり寄っていった。

感情は感情、任務は任務である。

ここは、金目当ての冒険商人を演じきらなければならなかった。

「へへ、旦那。では、お約束のものを」

「心配するな」

少尉は、軍服のふところに手を突っ込むと、小さな布袋を取りだして、一心に渡した。

ずっしりと重い。

報酬として要求した——もしくは要求するふりをしたルーブル金貨であろう。

「有り難うございます。これで、契約完了ということで。さて……」

もの珍しそうに、きょろきょろとあたりを見まわしながら、少尉に尋ねた。

「もう夜中です。今から帰路についたら、夜明けにさしかかって、日本の軍艦につかまってしまいます。明日の晩になるまで、どこかに泊めていただきたいもので」

「駄目だ、宿舎は提供できん。要塞や市内のようすは、少しでも外に洩らしたくないのだ」

ウォッカに由来する上機嫌もどこへやら、少尉はにべもなく告げた。

「きさまらの船で寝ろ。外へ出ることはまかりならん」

「……また、もてなしの気持のないこって」

一心は、不服そうに肩をすくめてみせた。

もっとも、そうした反応は、とっくの昔に計画に織り込み済みだ――。

夜明けまで、あと一時間半ほど。

仮眠から眼を覚ました一心は、横に寝ていた船員たちを起こしていった。

彼らを引き連れ、上甲板に向かう。

暗闇のなか、ランプを掲げ、その淡い光で桟橋のほうをうかがった。

案の定である。

一心たちを見張るべく、桟橋でひとり歩哨《ほしょう》に立たされていたロシア兵は酔いつぶれ、その場に座り込んでいた。

俺たちの気持だから、休憩の時間に飲んでくれと、ウォッカの大瓶を二本も渡してやったのが効いたのだ。

ただでさえ酒好きが多いロシア兵が、籠城でアルコールを制限されているのだから、我慢できるはずがないと踏んだのだが、まんまと当たった。

「おやおや、こんなところで寝込んでは、凍え死んでしまいますよ」

誰も聞いていないとは知りながら、おためごかしを呟いた一心は、船員たちとともにロシア兵をジャンク船に連れ込んだ。

まずは、開いた口に、水に溶かした眠り薬を流し込む。これで、当分は人事不省だ。続いて、ロシア兵の身体をあらためた一心は、望みの品を見つけた。

軍隊手帳である。

それを持っていれば、ロシア兵になりすますことができる。旅順守備隊には、極東や中央アジアで徴兵された連中も少なくないから、東洋系の顔立ちをしているから敵だということにはならないのだ。

事実、ロシア兵の外套《がいとう》を着込んで、奪ったモシン・ナガン小銃を肩からかけた一心は、外見だけでは日本人とわからなかった。

「夜明けから一時間経《た》っても、俺が戻らなかったら、構わないから脱出しろ。緊急出港の必要が生じたとか言っておけば、少なくとも途中まではロシア軍に撃たれずにすむだろう」

一心のさしずに、支那人船員たちは無言のまま、いっせいにうなずいた。

あとは振り向きもせずに、桟橋へ飛び移る。

足音を殺して着地するや、外套の下に隠した兼定を押さえながら、駆けだした。

めざすは、もちろん二百三高地だ。

旅順の港と街は、大きく二つに分かれている。

東側の旧市街と東港《とうこう》、そして、西側の新市街と西港《せいこう》である。

自分がいるのは、おそらく西港だった。

暗闇のなかを航行してきたとはいえ、あらかじめ旅順とその周辺の地図と海図を頭に叩き込んでいるから、現在位置の見当はつく。

初めての土地であるにもかかわらず、一心は迷わなかった。

寝静まった新市街を抜け、旅順郊外東北の方向に進む。

西港から二百三高地までは、直線距離にして、五、六キロしかない。鍛え抜いた一心の脚力ならば、三十分とかからぬはずだ。

気がかりなのは、敵の検問だった。

実際、二度誰何《すいか》を受けたが、歩哨のロシア兵から奪った軍隊手帳がものを言った。

加えて、急ぎの伝令を命じられた、もし足止めして大事に至ったら責任を取ってもらうぞと、先ほど海軍少尉に対したときとは打って変わった、流暢《りゅうちょう》なロシア語でまくしたてたのも、効果があったのだろう。

最後の検問所を通り抜けた一心は、ひたすらに走った。

すぐに道の傾斜が急になってくる。

二百三高地にさしかかった証左であった。

もう、ロシア兵とでくわすこともない。

夜明け前のこととて、歩哨以外は眠りこけているのだろうし、起きているものの注意も、北や北東、つまり日本軍がいる側に向けられている。

背後から二百三高地に入った一心は、その虚を衝いたかたちになったのだ。しだいに、ロシア軍が築いた塹壕《ざんごう》や掩蓋《えんがい》が眼につくようになる。

二百三高地には頂上が二つあるが、どうやら、その東側にたどりついたらしい。

一心は、あたりをうかがい、誰もいないことをたしかめてから、草むらに分け入った。草むらから藪《やぶ》、あるいは砲撃を受けて無惨《むざん》な姿になっている立木の陰に隠れるようにしながら、頂上の塹壕に近寄る。

そのかたわらのくぼみに飛び込み、外套の襟で顔を隠しつつ、身を縮めた。このまま、日の出を待つつもりだ。

十一月の満洲には、すでに極寒が忍び寄っている。夜明け前の、ひときわ気温が下がるころとなれば、なおさらだ。

震えがきて、奥歯がかちかちと鳴りだしたのを、ぐっと顎《あご》を嚙みしめて抑えながら、一心は待った。

幸い、旅順港に入ったときには、薄い叢雲《むらくも》がただよっていたけれど、今は風に流されて消えてしまい、満天の星が輝いている。

旅順港が見下ろせるか否《いな》か。

太陽が昇れば、おのずから答えが出るはずであった。

一心は、じっと待った。

一秒一秒がとほうもなく長いものに感じられる。

だが、一心の焦りをよそに、夜の帳《とばり》は上がろうとしない。

このまま朝が来ないのではないかと思われるほど、じれったかった。

しかし――。

むろん、永遠の夜などはない。

東の空のすそに、細い朱色の帯がせりだしてくるときがやってきた。

それは、しだいに白い光に変わり、やがて日輪が顔を出す。

ひとたび、地平線の上に姿を現してからの太陽の動きは速い。

すぐに白々と明けて――一心はたまらずに、くぼみから首を出していた。

海へ、旅順港へと視線を注ぐ。

思わず、声をあげそうになった。

港内には、ロシア太平洋艦隊が、朝日を浴びて、整然と並んでいた。

かなりの距離があるため、まるでオモチャの軍艦のようではあるが、その輪郭がくっきりと浮かび上がり、艦型判別にも不自由はない。

やや傾いているのは、先の黄海海戦で損傷した艦か。

一心は恍惚《こうこつ》としていたものの、ややあって、ため息をついた。

見えます、秋山中佐。

二百三高地からは……旅順港が見下ろせます。

さすがに声には出さなかったが、一心は、口のなかで呟いていたのである。

第二章　意外な再会

1

胸の鼓動が高鳴る。

スパイとしては、常に冷静沈着であらねばならないが、眼下に広がる光景を見て、いっさい興奮しないでいろというのは、難題にすぎた。

何といっても、わが連合艦隊が黄海海戦で撃滅しそこねた、ロシア太平洋艦隊の全容を一望できたのである。

肉眼でも、これだけ見通しが利くのだ。望遠鏡や測距儀《そっきょぎ》を持ち込み、砲術の専門家が観測にあたれば、命中弾を得るのもハンマーで大地を打つがごとくで、外しようがない。

聞くところによれば、乃木将軍の旅順攻囲軍には、もともと日本本土の沿岸防備用だった巨砲、二十八サンチ榴弾砲《りゅうだんほう》が配備されているという。

戦艦の主砲にひとしい威力を持つこの大砲が、正確な指示を受けて火を噴けば、さしものロシアの巨艦群も数日を経ずして撃沈されてしまうはずだ。

そうなれば、連合艦隊は封鎖任務から解放され、佐世保《させほ》や呉《くれ》といった日本の軍港に戻り、徹底的な整備を受けた上で猛訓練に励み、来るべきバルチック艦隊との決戦に万全を期すことができる。

つまり――少なくとも海上では、日露戦争は勝ったも同然だ。

一心は満面の笑みを浮かべる。

思わず万歳を叫びそうになったほどだ。

しかし、その歓喜を強いて抑えつける。

まだ任務は完了していない。この重大な情報を秋山中佐に知らせ、それをもとに陸軍に二百三高地奪取作戦を実行してもらわなければならないのだ。

外套《がいとう》の下に隠した兼定を、指が痛くなるぐらいに握りしめながら、一心は立ち上がった。

往路には、さほどとも思わなかった小銃の負革《ふかく》、肩ベルトが身体《からだ》に食い込んでいるように感じられる。

こいつが使命の重さというやつか。

柄《がら》にもないことを、声に出さずに呟《つぶや》いてから、一心は駆けだした。

若い獣を連想させる、しなやかな疾走ぶりである。

一度来た道だから、帰りにはいっそう速い。

旅順市街に通じる街道に出た一心は、わずかな時間も惜しいとばかりに走った。

途中、遠くで起床ラッパが鳴り、ロシア兵たちが陣地のそこかしこに姿をあらわしてくる。そのうちの一人、緑の軍服の将校に誰何《すいか》をかけられそうになったが、一計を案じた。

「ステッセル将軍、ステッセル将軍!」と、旅順防衛軍司令官の名前を大声で呼ばわったのだ。

むろん、片手に軍隊手帳を掲げることも忘れなかった。

効果てきめんである。

血相を変えた——正確にはそのようによそおった一心の表情を見、「ステッセル将軍」のかけ声を聞いた将兵は顔色を変えて、一歩退いた。

非常事態が生じたことをステッセルに伝える急使なのだと信じ込んだにちがいない。

むろん、誤解を解いてやるつもりなど、まったくなかった。

これに味をしめた一心は、声をかけられたロシア将兵、さらには検問所の責任者に対しても、この手で押し通す。

上に弱く下に強いロシア軍の封建的な性格をうまく利用した方法だったといえる。

彼らとて、内心うさんくさく思っていないわけではないだろうけれど、旅順の最高権力者であるステッセルの名前を出されては、おとなしく引き下がるしかないのだ。

万が一、本物の急使であった場合、とがめた側が厳罰に処せられかねないからである。

ことが思うつぼにはまり、一心はほくそ笑む。

ふと、数年前に読んだロシア人亡命歴史学者の本の一節が頭に浮かんだ。

……専制帝国は、国内の反乱や外敵によって滅ぶのではない。臣民個々人が自ら考えることを禁じるがゆえに、没落の種子を内包しているのである……。

ここ旅順でも、まさにその欠陥が露呈しているのだと思った。

そんなことを考えつつ、一心は市街に入った。

早朝らしく、どこかでパンを焼く匂いがする。

その通りを走り抜けて、桟橋に向かった。

すべて、手はず通り。

一心は、膝を叩《たた》きたくなった。

視界に飛び込んできた桟橋のあたりには、何の異変もない。

もしも、ジャンク船を見張っていた歩哨《ほしよう》に異変が起きたことを察知されたなら、今ごろ、ロシア兵が周囲を固めていることだろう。

それがないからには、あのロシアの歩哨は、ウォッカと薬の効き目で、いまだ前後不覚に眠りこけていて、お仲間もその怠慢に気づいていないのだ。

あとは、彼に再び軍服を着せ、手荒く起こしてやればいい。

もちろん、意識を失っているあいだに一心が何をやったのかなど知るすべもないし、仮に不審を覚えたとしても、いっさい口には出せないはずだ。

そのためには、歩哨任務をおこたっていたことを告白しなければならないからである。

実際、勤務中にウォッカをあおって寝込んでいましたなどとは、とても言えるものではない。重営倉《じゅうえいそう》入り、民間でいうところの禁固刑にされるか、下手をすれば死刑になってしまう。

一心は、桟橋の踏み板を蹴って、ジャンク船に飛び乗った。

中甲板の居住室に声をかけようとして——足を止める。

二百三高地から一気に駆け抜けてきたために、やや乱れている呼吸を整えつつ、出入り口から中のようすをうかがった。

おかしい。

上甲板に迎えに出てこないのは、これはしかたない。

戻ってきた一心を勇んで招じ入れたりしたら、旅順の住民やロシア兵が通りかかった際に見とがめられかねないからだ。

けれども、ジャンク船に戻ったというのに、何の反応もないのは妙だった。

加えて、船内の灯火が点《つ》いていないのも気にかかる。夜明けとともに消したのだとしたら、それをやった支那人船員たちはどこにいる？

警戒心を刺激された一心は、肩にかけた小銃をかたわらに置き、兼定の包みをほどいた。

いつでも抜き撃ちにできる体勢を取る。

もしも至近距離でやり合うことになるのであれば、銃などよりも、よほど愛刀のほうが頼りになると思ったのだ。

息を殺した一心は、船内に通じる階段を一歩一歩下りていった。粗末な木製の扉の向こうが船員室である。

船内の暗がりに眼を慣らしてから、扉をいっぱいに開く。

思わず、唸《うな》り声を洩《も》らしてしまった。

あの歩哨のロシア兵が、口の端からよだれを垂らしながら、眠りこけている。

これはいい。まったく予想通りのありさまである。

ところが、部下の支那人船員の四人が四人とも、のどをかき切られ、冷たい骸《むくろ》となっていたとあっては、驚愕《きょうがく》を禁じ得なかった。

どういうことだ。

誰が、こんなことを……!?

とまどう一心の耳朶《じだ》を、硬い響きが叩く。

その源に視線をめぐらしながら、舌打ちしそうになった。

船員たちを殺した下手人は、まだ船内にいたのだ。

それを、この俺ともあろうものが気づかないとは、何たる不覚か!

おのれを責める一心だったが、居住室の隅にいる何者かを眼《め》で捉《とら》えた瞬間、全身が固まるのを感じた。

そんな……まさか……。

ここに彼がいるとは……いったい、どういうことなのだ……。

混乱する一心に、なつかしい抑揚《よくよう》のドイツ語で言葉がかけられた。

「動くな、イッシン」

2

手あかのついた、紋切り型の表現は好きではない。

だがこの場合は、わが眼を疑う、といわざるを得なかった。

髪を剃《そ》り上げた坊主頭に、きっちり固めて、両端を尖《とが》らせた口ひげに片眼鏡《モノクル》。

細い眼や肌の色合いが、どこか東洋的なものを感じさせることも、少しも変わっていなかった。

ジャンク船に現れた人物――かつてベルリン郊外の隠れ家で、間諜《かんちょう》のイロハを叩き込んでくれた、いわば師匠ともいうべき男は。

もっとも、一心は、彼の正体も本名も知らない。

昔、エジプトにいたという、旅人に謎をかけて、正解が出せないと食い殺してしまったとされる伝説の怪物スフィンクスの頭文字を取って、「S」と呼べと命じられるままに従っていたのである。

いったい、そのSがなぜ、ここにいるのか。

問いかけてみようとしたが、やめておくことにした。

日常のささいなことに至るまで、必要がないことは口にしない。

そうした決まりとも習慣ともつかぬことを頑《かたく》なまでに守っていたのが、Sという人物なのである。

ゆえに一心は、言葉を発する代わりに、むごたらしい骸と化した支那人船員たちに視線をめぐらせた。Sがやったのか、と問いかけるしぐさであることはいうまでもない。

Sは、口をへの字に結んだまま、右手を掲げてみせた。

説明されなくとも、その意味はわかる。

革手袋に包まれた右手は義手で、しかも内部に刃物を仕込んであるのだ。

おそらく、支那人船員たちは侵入してきたSに驚き、捕らえようとしたものの、丸腰であると思い込み、油断してしまったのだろう。

その隙を突かれ、Sにしとめられてしまったにちがいない。

だとすれば、今のSは、ロシア軍に味方しているのだ。

信じたくはないけれども、あり得ないことではなかった。

なるほど、およそ十年前には、Sは日本政府に雇われ、スパイの心得を一心に仕込む仕事を引き受けた。

しかし、間諜の世界では、今日の友が明日の敵になることなど日常茶飯事《さはんじ》である。Sのように、いわば流れのスパイで、そのつど、さまざまな国と契約をしている人物となれば、なおさらだ。

唇を嚙《か》む一心に、Sが声をかけてきた。

「そうだ、イッシン。君が動けば……殺さねばならなくなる」

独白であるかのごとく呟いたのちに、義手を柱に打ちつけ、高い音を響かせた。

おそらく、部下への合図だろう。桟橋周辺の民家や路地にでもひそませていたのだ。

一心の推測は当たっていた。

桟橋のあたりからジャンク船に向けて、荒々しい靴音が近づいてくるのがわかる。

やがて、モシン・ナガン小銃を構えたロシア兵の一団が船内に乱入してきた。

朔風《さくふう》のなか、陰惨な光景が展開されていた。

ここは、旅順新市街北方、大案子山《だいあんしざん》のふもとに広がる荒野である。

霜が降りて、踏むとさくさくと音がする地面に、二メートルほどもある白木の杭《くい》が何本も立てられている。

そのうちの一本に大柄なロシア兵が後ろ手に縛り付けられていた。聖画《イコン》を掲げた長衣《ちょうい》の司祭が、彼の前で祈りを捧《ささ》げている。

「あいにくだ、日本人《ヤポンスキー》。今日は、予定が立て込んでいる」

一心のかたわらに立っているロシア軍の中尉がささやいてくる。厳粛な表情を保ってはいるが、声がどこか愉快そうな響きを帯びていた。

「あいつは脱走して、ノギに投降しようとした裏切り者だ。呆《あき》れたことに、ここ数日で三人もそうした輩《やから》が出たのでな。銃殺隊は大いそがしだ」

中尉は、部下の兵隊にさとられない程度に、微笑をひらめかせた。

嗜虐《しぎゃく》趣味の男なのだ。

一方、一心を連行してきたSのほうは、対照的に、いっさいの表情を消していた。

そう、この冷え冷えとした一角は、大案子山方面で軍規を破り、軍法会議で銃殺を宣告されたロシア軍将兵の処刑場だった。

桟橋で身柄を取り押さえられた一心も、即決裁判で、スパイのかどにより死刑を言い渡され、ただちに銃殺に処せられるべく、連れてこられたのである。

弁護人なしの、でたらめといってもよい裁判だったが、戦時下でもあり——何よりも、一心は正真正銘、日本の間諜なのだから、文句もいえない。

さはさりながら、いざ銃殺隊のいるところに来てみれば、そんなのんきなことは言っていられなかった。

「すぐに、きさまの番が来る。……銃殺隊前へ！」

居心地の悪い顔をしている一心に言い捨てると、中尉は、部下の兵隊たちに号令をかける。

六人ほどのロシア兵が、杭にくくりつけられた脱走兵から五メートルほどのところで横隊を組んだ。

「装弾っ」

命令が下るとともに、銃殺隊の兵士たちは、ゼンマイ仕掛けの人形のような、からくりめいた動作で、モシン・ナガン小銃に弾丸を込めた。

もっとも、あらかじめ細工がしてあって、何割かは空砲が混ざっている。罪人とはいえ、自分が撃った弾《たま》で仲間の兵隊を殺したという良心の呵責《かしやく》をやわらげるための措置で、ロシア軍のみならず、どこの国の軍隊でも採用していると聞く。

むろん、確率的には、銃殺隊が撃った弾すべてが空砲になることもあり得る。

その場合には、罪人も特赦《とくしや》になる習わしだというが、実際にはまず考えられないことだった。

別の兵隊が、杭のところに駆けていって、黒い布で死刑囚に目隠しをする。

サディストの中尉の号令のまま、銃殺隊はモシン・ナガンの銃口を、処刑対象の脱走兵に向ける。

「構え……狙え」

「撃て！」

ただ一人が撃っているかと錯覚するほど、息の合った銃撃がなされ、荒野に乾いた音が響きわたる。

杭に背中をすりつけるようにして、心臓を撃ち抜かれた兵士が、その場にくずおれる。

いましめが引っかかり、地に倒れ伏すこともできずに遺体が揺れているのが、いっそう悲惨さを増していた。

耳をふさぎ、眼を覆いたくなるがごときありさまであったけれど、両手を縛られている一心には、それもできない。

傲然《ごうぜん》とさしずしている中尉を斬ってやりたい衝動にかられた。

三人、あるいは一心を含めて四人をいっせいに銃殺してもかまわないはずなのに、敢《あ》えて、こんなやり方を取っている。

あとに処刑されるものほど、死が迫ってくる恐怖と焦燥を味わわされる仕組みだ。

おそらくは、この中尉個人の趣味を満足させるためなのであろう。

しかし、とりこの身となった一心には、抗《あらが》うすべもなかった。

一人、また一人……。

蒼白《そうはく》になった一心の眼前で、同じ手順を踏み、脱走兵が処刑されてゆく。

ついにロシア兵三人が冷たい骸と化し、一心の順番がやってきた。

どうにかして、この窮地を脱せないかと必死に頭を絞ったが、兼定ほかの武器を奪われ、両手を縛られているとあってはお話にならない。

せめてもと虚勢を張り、ロシア兵にこづかれる前に、杭に向かって、自分の足で大股に歩いていく。

「ほう、これは面白い。できることなら、サムライらしくハラキリをやらせたいところだな」

本心なのか、それとも一心をなぶっているのか。

頓狂《とんきょう》な声を洩らした中尉は、もう表情を消そうともしない。にやにや笑いを浮かべて、部下に命じた。

「だが、戦場にあっては、そうもいかん。せめて丁重に縛ってやれ」

気の利いたことを言ったと思っているらしく、中尉が高い笑声をあげるのを背中に受けながら、一心は杭にたどりついた。

すぐに、両手が後ろにまわされ、荒縄でくくられる。

目隠しをされそうになるのを、かぶりを振って拒否した。

よくいえば戦士の矜持《きょうじ》、赤裸々にいうなら、死ぬときぐらい男らしくありたいという見栄であるが……。

銃殺隊に視線を向け、両眼をかっと見開いたとき、膝が震えだした。それを、無理に抑えつける。

間諜の道に入ったときに、いつ、どこで果てるかわからないと覚悟を決めたつもりではあった。

けれども、現実のこととなれば、やはり怖い。

ええい、一心！ なんたるざまか。

自分を叱咤し、眼もとに力を入れて、まぶたを閉じてしまわないようにする。

人間にとって、死を直視することは困難であるという。

ならば——俺は、それに挑戦しよう。

心中でそう呟いて、銃殺隊を見据える。

ロシア兵たちが、一瞬気圧《けお》されたようにみえた。

「何をためらっておる。装弾して、構えろっ」

部下のふがいないありさまにいらだったか、中尉が声を荒らげた。

その命令に押されて、銃殺隊員が立撃《たちう》ちの姿勢を取る。

ぽっかりと開いた黒い銃口。

そこから、自分に向けて、虚無が跳びかかってくるような気がした。

いよいよおしまいか。

背筋に冷たい汗が流れるのと、「構え」の号令がかかるのは同時だった。

しかし、それから、ほんの一拍だけ遅れて、異質な音が聞こえてくる。

湿った布を叩くような、鈍い響き。

最初は、風が何かにぶつかっているかと思われたが、音は鳴り続けている。

「馬か？」

中尉がふと独白したことが的中した。

処刑場につながる小道に、一騎の伝令が現れたのである。

彼らの耳をそばだてさせたのは、蹄《ひづめ》が霜の降りた土を打つ響きだったのだ。

「少し待ってくれたまえ、中尉」

まったく感情をうかがわせない声音《こわね》で、Sが言った。

「どうやら、伝令のようだ」

3

馬蹄《ばてい》の響きは、やがて黒い一点となり、じきに騎馬のかたちを取る。

その伝騎が、一心にとっては、とりあえずの救いとなった。

やってきた騎馬の下士官は、下馬するなり、そそくさと中尉やSに敬礼する。答礼を受けるのも、もどかしいかのごとく、Sに近寄って耳打ちする。

現場の責任者である中尉を差し置いてのことであるから、いささか無礼なやりようであるとも思われた。

が、Sが旅順守備隊にあって独自の重要な地位を占めているらしいことからすれば、当然のことなのかもしれない。

中尉以下のロシア兵たちが、Sに対して取っている、うやうやしい態度をみれば、あながち的外れの推測でもなかろう。

そう思いながら、なりゆきに注目していた一心の視線の先で、中尉が肩をすくめる。ついで、何事か、Sに話しかけた。

唇の動きから、これだけ脅しつければ……と言っていることだけは読み取れたものの、あとは、こちらに背を向けてしまったので、わからない。

ただ、Sが、モノクルを光らせながら近寄ってきて目配せをしたとたんに、ロシア兵が駆け寄ってきて、一心の両手を縛った荒縄をほどいた。

さらに、先ほどの伝騎が別の馬を二頭牽《ひ》いてくる。一頭はSの馬、もう一頭は銃殺隊の中尉のものだ。

「貴官の愛馬、拝借するぞ」

中尉に断ってから、Sはあごをしゃくってみせた。乗れ、ということである。

「コンドラチェンコ中将が、自ら日本のスパイを尋問したいとご希望だ。ついてこい」

Sの言葉を聞いて、一心は、ほうと眉の端を上げた。

コンドラチェンコ中将は、東シベリア第七狙撃師団長にすぎないが、統率力に優れ、旅順防衛の実質的な指揮は、彼が執っているのだとされている。

その勇名は、攻める乃木第三軍側にもとどろきわたっており、日本兵のあいだにさえ、コンドラチェンコがいるから旅順はなかなか陥落しないのだという、伝説めいたことがささやかれるようになっていた。

皮肉なことではあるけれど、そのコンドラチェンコが、捕らえた間諜に関心を抱き、情報をしぼり取ってやろうと考えたために、一心の命もひとまず助かったものとみえる。

しょせん、半日か一日、寿命が延びただけにすぎぬかもしれぬ。が、間諜というものは、一分一秒でも自由にできる時間があれば、とんでもないことをしでかすものさ。

縄のあとがついた両手をこすりながら、一心は、胸の底でうそぶいた。

すぐに馬上のひととなり、指し示されるままに進む。

先頭が伝騎の下士官、つぎが一心、殿《しんがり》がSの順である。うかつなことなどできないよう、あいだに挟んで、警戒しているのはいうまでもない。

整列した銃殺隊の捧《ささ》げ銃《つつ》の敬礼を受けながら――といっても、それはもちろんSに向けられたものであるのだが――一心たちは、処刑場の外へ出ていく。

途中、中尉が薄笑いを浮かべているのが気になったものの、むろん問い詰めるわけにはいかない。

三騎は、山あいの細い道に入っていった。

前後左右に、砲台や堡塁《ほうるい》が見える。まさに今、自分は、旅順大要塞の心臓部にいるのだ。

一心は、わざとのんびりしたふうをよそおいながら、先頭の下士官、そして背後のSに視線を投げた。

武器を奪って逃走する機会はないかと、ようすをうかがったのだ。

が、無駄なことでしかなかった。

当然のことながら、老練なSには、つけいるすきなどありはしない。一心から奪った兼定を片手に提げているけれども、仮にそれを取り返そうと襲いかかったところで、ふところに忍ばせた拳銃で射殺されてしまうのが落ちだろう。

前方の下士官のほうが、まだしも扱いやすいようではある。しかし、彼を片付けているあいだに、自分がSにやられてしまうことは間違いない。

一心は、軽く眉をひそめた。

しだいに、道の勾配《こうばい》がきつくなってくる。

どうも二百三高地のほうに向かっているらしい。

コンドラチェンコは、そこに司令部を構えているのだろうか。

一心がそう考えたとき、Sがふいに小声で話しかけてきた。

「銃殺隊の中尉、君を本当に処刑するつもりだったと思っているかね？」

意味深長な問いかけに、一心は少しばかり考えてから、かぶりを振ってみせる。

「いえ。俺の前に三人の脱走兵を銃殺させたのは、威嚇《いかく》だったのでしょう。震え上がらせてから尋問にかけ、情報を引き出すための……」

そうだ、それにちがいない。

あれは必ずしも中尉の趣味というわけではなかったのだ。

答えながら、得心がいく思いがした。

だとすれば、中尉が先ほど、これだけ脅しつければ云々《うんぬん》と呟いたこととも辻褄《つじつま》が合う。

最後の最後まで知っていることを絞り取ってからはいざしらず、情報の宝庫である間諜を問答無用で殺してしまうわけがない。

おそらく、コンドラチェンコ中将からの伝騎が駆けつけてくることは、Sも中尉も、あらかじめ内密に聞かされていたのだ。

それを承知の上で、一心の眼の前で一人ずつ脱走兵を銃殺していき、死の恐怖におののかせたのである。

いわば、精神的拷問だ。

ここまで考えを進めた一心だったが、同時に不審の念も抱いている。

たった今、話しかけてきたSは、英語を使っていた。

だから、自分も反射的に、同じく英語で応じたのであるけれども――ずいぶん、おかしなことだった。

熟練したスパイであるSは、もちろんロシア語、さらにはロシア貴族が常用するフランス語にも堪能《たんのう》である。

にもかかわらず、先導する下士官には理解できないであろう英語を用いてきた。

ということは……。

「さよう。気の毒ではあるものの、彼にはさとられたくない。こういうことをするのでな」

ささやきが一心の耳朶を叩いたかと思うと、一陣の風が脇をすり抜けていった。

電光石火の速さで、鞘《さや》に収まったままの兼定が、下士官の首筋に叩きつけられる。

反撃するどころか、抗うことさえもできぬまま、下士官は鞍上《あんじょう》にくずおれた。主人が昏《こん》倒《とう》したことも気づかず、馬が二、三歩進んだところで、地面に滑り落ちる。

意外な行動を取ったSに、一心もあぜんとするばかりだった。

が、じきに、その動機に思いあたり、眼を瞠《みは》る。

「あなたは、やはり……日本軍の味方だったのですか」

鞍上から手を伸ばし、気絶した下士官を道の脇のやぶに放り込んだSは、振り向いて微笑を浮かべた。

「いかにも。旅順に乗り込み、ロシア軍に雇われたふりをしつつ、日本軍に情報を流している」

二重スパイか。

ベテランのSらしく、難しい仕事を引き受けたのだな。

かつての師匠を敵に回さずとも済みそうな雲行きに、一心が安堵《あんど》したのもつかの間、Sは笑みを消した。

「私が教えたことを忘れてしまったのか？　君の潜入方法は、白昼堂々ラッパを吹きながら進んでいくのも同然だ」

「そんな……」

抗弁しかけた一心は、はっと口をつぐんだ。

論より証拠、Sは、一心がジャンク船で旅順に来ることを知っており、この通り、捕虜としている。

口惜しいかぎりではあるけれども、支那の冒険商人に化けるという自分の策は、ロシア側……いいや、Sには筒抜けになっていたのである。

だが、どこから情報が洩れたのだ？

秋山中佐から、この任務を命じられてから、現在に至るまでのことを、もう一度、頭のなかで検討してみた。

やがて、あることに思い当たり、一心は息を呑《の》んだ。

「そうとも。君の部下として付けられた支那人船員のなかに内通者がいた。しかも、その男の説得によって、全員がひそかにロシア側に寝返っていたのだ」

「では、あのまま出港していたら……」

顔から血の気が引いていくのが、自分でもわかった。

「海上で、君は支那人船員たちに取り押さえられ、旅順に逆戻りになっていたことだろう。そもそも、ロシア人から報酬をもらったときに、たしかめてみるべきだったな」

Sの唐突な指摘に、一心は首をかしげた。

が、すぐに、その意味を理解する。

桟橋で、ロシアの海軍少尉から、小さな布袋を渡された。

その、ずっしりとした重みに、約束通り金貨が入っているものと思い込んで、あらためもしなかったが——素性の割れたスパイに、本物をくれてやる必要などない。

きっと、それらしい屑鉄《くずてつ》か何かを詰めただけにすぎなかったのだろう。

なるほど、その場で開いてみれば、こちらの計画が暴かれていることもわかったにちがいない。

ただ、そうなれば、ただちに取り押さえられてしまったはずだ。

しかしなぜ、ロシア軍は、一心が二百三高地偵察の挙に出るのを放置したのだろう。

この疑問の答えを思いつくなり、舌打ちしたくなった。

ロシア軍は、自分を泳がせたのだ。

日本の間諜が何を探るかは、すなわち日本軍が旅順要塞のどこに関心を抱いているかを示すのである。

それを知りたくて、ロシア軍は、一夜の自由を与えたのであろう。

つまり一心は、おのれの行動により、日本軍は二百三高地を重視していると教えてやったことになる。

Sは自らの情報網を駆使し、そうしたロシア軍の思惑《おもわく》も、一心の策も完全に掌握していたのだ。

「だから、私も乗り出さざるを得なかった。このままでは、君は謀略のチェスゲームに完敗したことになるのだから」

日本の能面を連想させる面持《おもも》ちで、Sが述べた。

その言葉を聞くかぎりでは、まだ慈悲をかけてもらえるようである。

「なに、まだ逆転のチャンスはある。君が与えられた使命、二百三高地から港内を見下ろせるかどうかを報告すれば、失点は帳消しになるだろう」

一心の胸のうちを見抜いたかのごとく、Sが告げる。

何か、手はずをととのえてくれているとみえる。

たしかに、裏切った支那人船員を斬り、また、ここで伝騎の下士官を不意打ちで眠らせたからには、このまま放っておく手はあるまい。

しかし、一心の正体が暴露された以上、もはやジャンク船で脱出することはできない。

さりとて、旅順要塞の陸上正面は、ロシア軍によって厳重に警戒されている。

この窮地を、どうやって切り抜けるつもりなのか？

嫌な気分になった。

普通のやり方では、日本軍の支配している地域にたどりつくことはできない。それは明白だ。

ならば、とほうもない手段を取るしかなかろう。

加えてSは、必要とあらば、九割九分死につながるであろう命令をも平然と下せる男である。

不幸にも、一心の予感は当たっていた。

「二百三高地前面の戦線を突破し、日本軍のもとに戻りたまえ」

Sは、さりげない口調で、不可能と思われる指示を発した。

4

馬で坂道を登っていくSと一心に、行き交うロシア兵たちが敬礼を捧げてくる。なかには、あきらかに東洋人である一心にいぶかしげな視線を向けるものもいたが、とがめだてして、かえってSに一喝されるのを恐れたか、誰も声をかけてこない。

「堂々としていろ。そのほうが怪しまれない」

道が狭くなり、並んで馬を進める格好になったときに、一心にだけ聞こえる程度の小声で、Sが注意した。

いささか大胆に過ぎるような気がしたけれども、ここは、旅順守備隊内で独自の地位を得ているらしいSの権威に乗るべきだった。

この場合、一心は、やや複雑な偽装をほどこしている。

恐るべき凄腕《すごうで》の日本スパイは、伝騎の下士官を眠らせたのちにSを脅しつけ、あたかも自分が彼の部下であるかのように振る舞うよう、さしずした。

むろん、その目的は、味方の戦線に脱出すべく、二百三高地に案内させることである……。

それが、Sの書いた芝居の筋書きだった。

なるほど、こうしておけば、二百三高地のロシア軍陣地までは、何の問題もなくたどりつける。

Sにしても、逆らえば撃つぞと言われたので、従うほかなかったとあとで申し開きができる。万一、この偽装策が途中で露見した際にそんな釈明ができるよう、Sは一心に拳銃と兼定を渡していた。

しかし、おかげで、二百三高地までは安全に赴《おもむ》けるとしても――。

ポーカーフェイスを保ってはいたものの、胸のなかでは、ため息をつきたくなるような心境だった。

二百三高地に近づくにつれ、待機所にひかえている屈強なロシア兵の一隊や、黒光りする巨砲の陣地などが眼につきだしたのである。

このぶんでは、二百三高地の陣地には、ハリネズミのごとく、機関銃や大砲が据え付けられているのは間違いない。

彼ら、ロシア軍守備隊の銃火をくぐりぬけ、無事に味方の前線に逃れられるかどうか。まことに心もとない。

二百三高地から旅順港内を見下ろせることは、S自身が承知しているのだから、何らかの手段を使って、日本軍に通報してくれてもよいのではなかろうか。

そんなことを考えたりもしたが、すぐに自ら否定し、Sに提案したりもしなかった。真面目に取り合ってもらえるはずもなく、冷たい視線を返されるのは必定《ひつじょう》だったからだ。二重スパイは、貴重な情報源ではある。が、表裏さだかでない存在であるため、彼らがもたらす報《しら》せは、常に虚偽のものではないかと疑われる宿命にあるのだ。

Sも例外ではない。

彼がいくら、二百三高地が旅順のロシア艦隊撃滅のカギだと力説したところで、満洲軍、あるいは乃木第三軍の参謀は、不確実な情報の一つに分類し参考にする程度で、それをもとに作戦を立てたりはしないだろう。

そこにこそ、秋山中佐が一心に旅順潜入を命じた理由があった。

なんとも馬鹿げたことではあるが、一心が危険を冒して二百三高地に登り、自らの眼でたしかめたことだからこそ、説得力があるのだ。

そのために命をかけねばならぬ一心としては、いいつらの皮だったけれども、軍隊とか情報というのは、そういうものである……。

そう考えた一心の耳に、ロシア語の「誰か?」という声が響いた。

いつの間にか、二百三高地の反対側の斜面、すなわち日本軍と対峙《たいじ》している側の陣地の出入り口に達しており、そこに配置されていた歩哨が誰何をかけてきたのである。

だが、歩哨は、すぐに剣付き鉄砲の構えを解いた。

モノクル越しに、Sにひとにらみされたのだから、それも当然のことだろう。

「ステッセル将軍に直属しているものだ」

Sは、もの憂げに告げた。

ほとんど名乗りになっていないというのに、歩哨は恐縮し、しゃっちょこばって捧げ銃の敬礼をささげる。

これで通るぐらい、Sのご威光は旅順要塞にとどろいているのだとみえる。

かすかに答礼してから、進みだしたSのあとに従い、陣地と陣地のあいだをつなぐ通路である連絡壕《れんらくごう》に入った。

難なく馬が通れるぐらい、幅広に深く掘ってある。

それが、やがて細くなってきたところで、馬を下りた。しばらくゆくと、小銃を抱いた歩兵が展開している塹壕《ざんごう》に入る。

この場を指揮しているらしい少尉が敬礼しようとするのを、Sが片手をあげて、押しとどめた。

「そのままで構わん。前線視察だ」

呟くように言ってから、一心に塹壕の縁《えん》を示した。

大人が立っていても、日本軍の陣からは見えないぐらいに深い塹壕であるけれど、足もとに土を盛り上げて、段をつくってある。日本軍が突撃してきたら、そこに乗って射撃する仕組みだ。

さらに、数メートルの間隔を置いて梯子《はしご》が立てかけられている。好機来るとみれば、これを駆け上り、塹壕の外に出て、逆襲に転じるのであろう。

Sは、視線でその梯子を指した。

こうなったら、否《いや》も応《おう》もない。

梯子を登った一心は、天辺からおそるおそる頭を出し――眼を瞠った。

一面、破裂した砲弾がつくった穴だらけの荒野である。

かつては草も木も生えていたのだろうが、砲撃や銃撃で掘り返されたのか、いのちを感じさせるものは何も見当たらない。

その無人地帯の向こうに、土のうを盛り上げて胸壁《きょうへき》とした、日本軍の陣地があった。

乃木将軍ひきいる第三軍、旅順攻略部隊の最前線だった。

ロシア軍陣地から日本軍のそれまで、ざっと一キロほどか。

さほどの距離ではないが、機関銃や小銃で撃ちまくられながら、そこを走りきらねばならないかと思うと、足がすくむ。

十中八九……いいや、百パーセント、銃弾を浴びて、無惨な死骸《しがい》になってしまうだろう。

無茶だ。

何か、ほかの手立てはないのか。

思わずSを問い詰めたくなったとき、非情なやり方で背中が押された。

Sが突然、声を張り上げたのである。

「捕まえてくれ。こいつは日本軍のスパイだ。私を拳銃でおどして、ここまで連れてこさせたのだ！」

ひどすぎる。

何が何でも、俺を追い立てて、日本軍の陣地に駆け込ませるつもりか⁉

心のなかで悪態をついたが、今はもうやってみるしかなかった。

梯子段をかかとで蹴って、塹壕の外に飛び出す。

ロシア軍のようすをうかがう余裕もなく、けんめいに駆けた。

最初の数秒は、撃ってこなかった。

おそらくロシア兵たちも、何が起こったのかすぐには理解できず、とまどっていたのだろう。

が、それもつかの間、乾いた発射音と銃弾が風を切る嫌な響きが背後にわきあがる。

すりばち状の砲弾の破裂孔《はれっこう》に足を取られそうになりながらも、必死になって走った。

しかし、背中から、弾がぶすぶすと地面に刺さる鈍い音が近づいてくる。

ついには、足もと近くの土がはじけた。

一心は戦慄《せんりつ》を禁じ得ない。

ロシア兵たちの照準が合ってきたのだ。

このままいけば、数秒のうちに命中弾を受けて斃《たお》れるはめになってしまう。

そう考えて震え上がったとき、救いの手がさしのべられた。

敵陣に異変あり、投降しようとするロシア兵が現れたとでも思ったのだろう、その逃走を援護すべく、日本軍も射撃を開始したのだ。

前方で、ぱんぱんという軽快な音が連発されるとともに、ロシア軍の陣地から聞こえてくる銃声は、あきらかに少なくなった。

日本の弾に当たってはたまらぬと、ロシア兵が塹壕の胸壁に隠れたためか、射撃の速度が落ち、狙いも不正確になってくる。

だが、ほっとするのは、まだ早かった。

突如、今までのそれとは、はっきり異なる雷鳴のごとき響きが無人地帯に鳴り渡る。

反射的に、一心はその場に伏せた。

とたんに、頭上を弾丸が通り過ぎてゆくのがわかる。一発や二発ではない。

数十発の弾が雨あられと降り注ぎ、一心の周囲の空間を制圧していく。

口のなかに飛び込んできた霜まじりの土を吐きだしながら、一心は顔をしかめた。

機関銃だ。

先ほど、この危険な大量殺戮《さつりく》兵器の位置はたしかめてあったから、なるべく、そこから遠ざかるように進んできたつもりだったが、ひとたびそれが火を噴けば、まったく安全なところなどありえない。

ほとんど頭が地面にめりこむぐらいに、姿勢を低くしつつ、一心は考えをめぐらせた。

日本軍の陣地までは、あと三百メートルほどでしかない。

が、機関銃の射界《しゃかい》内にいるというのに、身を起こして突進するなど自殺行為にほかならなかった。

ならば、このまま大地にへばりついていて、夜が来るのを待ち、闇に隠れて逃れるか。

そんなことも考えたけれど、二百三高地に据えられていた探照灯のことに思い当たり、眉根を寄せた。

あれで照らされているかぎりは、夜も昼間もない。身動きするなり、機関銃の斉射を受けて、ハチの巣にされるのが落ちだ。

さりとて、こんな吹きっさらしの野で固まっていれば、凍死してしまう可能性もある。

しかたなく、一心はひじとひざを使って、うつぶせになったまま、じりじりと進んだ。

いわゆる匍匐《ほふく》前進で、少しでも距離をかせごうとしたのである。

けれども、その鼻先といっていいぐらいのところで、機関銃の弾が砕けた。

破片が、一心の頭をかすめ、髪の毛を数本断っていくのがわかる。

背筋に冷たい汗が流れた。

このまま、味方を眼の前にしながら、殺されてしまうのか。

二百三高地からは旅順港内が見下ろせるという、今の状況では宝石よりも貴重な情報を伝えることもなしに？

……嫌だ！

一心はまなじりを決した。

機関銃といえども、ひっきりなしに射撃できるわけではない。弾倉、もしくは装弾ベルトを交換する際に、一瞬ではあるものの、停止時間が生じる。

いちかばちか、その隙を突いて、日本軍のもとまで駆け抜ける。

腹を決めた一心は、兼定の柄《つか》を握りしめ、機関銃の音が止《や》むのを待った。

成功の見込みのほうが少ないが、このまま撃ちすくめられているよりは、ましである。

呼吸を整えつつ、一心は待つ。

――焦《こ》がれるほどに待った、その瞬間がようやくやってきた。

兼定を地面に突きたて、跳ね上がるように駆け出す。

それと、日本軍の陣地から、缶詰のようなものがいくつも投げられてきたのは、ほぼ同時だった。

これは、いったい？

いぶかしむ一心の前後左右に落ちたそれらには、火の点いた芯《しん》がついており、まもなく黒煙をあげはじめる。

一心は、その煙を横目で見つつ、けんめいに走る。

もう、機関銃の装弾は終わったはずだ。

そろそろ弾丸が降り注いでくる。

いつでも地面に伏せられるように、身を低くした。

ところが……覚悟していた機関銃の射撃はなかった。

そればかりか、小銃さえも撃ってこない。

どういうことなのか、まったくわからなかったけれども、これ幸いとばかりに、日本軍陣地に突進する。

「撃つな、味方だ。二百三高地を偵察して、脱出してきた!」

誇らしげに叫ぶ一心に、日本兵たちが塹壕から身を乗り出して、「急げ、早く来い」と声をかけてくる。

北陸訛《ほくりくなま》りがあるところからすると、金沢《かなざわ》第九師団の兵隊か。

最後の数十メートルを一気に駆け抜け、土のうの向こうに転がり込んだ。

深いため息をつき、自分が生きていることをたしかめたのちに、ようやく背後を確認する気になる。

ゆっくりと土のうの上に顔を出したところで、一心はどぎもを抜かれた。

先ほど、日本の兵隊たちが投げた缶詰のようなものから噴き上がった煙が黒い幕となり、視界をさえぎっている。

これが邪魔になって、ロシア軍は一心を撃てなかったにちがいない。

空き缶にヤニや松葉などを詰めて、火を点けて投げたものか。

こんな工夫を考えつくのは……Sしかいない。

一心は、膝を叩いた。

伝書バトでも使って、一心が脱出してくることを、あらかじめ二百三高地正面の日本軍に伝えていたのだろう。

そうして、この煙幕の策により、退路を確保しておいたのだ。

一心は、坊主頭にモノクルのSの姿を思い浮かべる。

初めて、あの無愛想な師匠にひざまずいて感謝したいという気持になっていた。

5

十メートル四方ほどの部屋に、ランプが淡い光を差しかけている。

石造りの部屋で、外の冷気がしんしんと染みこんでくるようだが、暖炉にくべられた薪《まき》が熾《おこ》り、寒さを打ち消していた。

ただし、ウォッカを運んできたロシア兵は、顔をこわばらせており、時折身を震わせている。よほど居心地が悪いのか、テーブルの上にグラスを二つと酒瓶《びん》を置くなり、一礼して、そそくさと立ち去ってしまった。

あたかも、この部屋にいると不幸にみまわれかねないとでもいうようだ。

だが、それも無理はなかった。

出入り口から見て手前に座っている長身痩軀《ちょうしんそうく》の男は、そのぐらい危険な雰囲気《ふんいき》を身にまとっていたのだ。

とくに荒々しい立ち居振る舞いをするでもないし、凶悪な人相をしているわけでもない。三十なかばにもならないだろうと思われるその東洋人は、むしろ整った顔立ちをしていた。着ているのも上等な仕立ての洋服で、これならば、どこへ行っても立派な紳士で通るはずだ。

にもかかわらず――彼が、接するひとびとをおののかせずにはおかないのは、双眸《そうぼう》にゆらめく光のためだった。

残忍、憎悪、無情、酷薄……。

いかようにでも表現できるが、どの言葉を使っても不充分である。けれども、否定的な何かを感じさせることだけは間違いない、餓狼《がろう》と同質の眼光を、この東洋人は有しているのだった。

また、かたわらに無造作に立てかけられている日本刀も、そうした印象を強める一方である。

しかしながら、テーブルを挟んで対峙している老人には、ひるんでいるような気配はかけらもなかった。

こちらは中肉中背で、体格はさほど目立たない。

が、きちんと切りそろえた白い口ひげの先を固め、丸いかたちに撥《は》ねあげているのが、どことなく西洋の悪魔を連想させる。

加えて、室内にいるというのに、丸い黒めがねをかけているのも、また異様だった。

——老人は、ウォッカの瓶を取り上げコルク栓を取ると、木製の椅子に浅く腰かけている男の前のグラスに注ぐ。

刺激的ではあるが芳しい香りがたちこめたあたりで、ふいに口を開いた。

「先ほど、連絡が入った。志村一心は、無事に旅順を脱出したそうな」

日本語である。してみると、老人と、狼《おおかみ》の波動を発している男は日本人なのか。

だが、話しかけられた相手は答えず、複雑な表情をひらめかせた。

一瞬だけ微笑し——それもつかの間、眉根を寄せてみせたのだ。

「一心が生きているのは嬉《うれ》しい。自分が、この手で殺せるから」

おのれのグラスにもウォッカを注ぎながら、老人が男の表情を解釈した。

「だから、一刻も早く、やつを斬る機会をくれ、というところだな」

断言してから、愉快そうに含み笑いを洩らした。

どこか禍々《まがまが》しいものを感じさせる笑声だ。

「あいにく……まだだ。まだ、お前に一心とやらせるわけにはいかぬ」

何度もかぶりを振る。

相手は、こめかみのあたりを、ぴくりと震わせた。

「お前がいかに望もうとも、今はかなえてやるわけにはいかんよ。この日露の大戦を、思うがままにあやつり、私が決めた筋書きと寸分たがわぬ終わりを迎えるのを見届けるまではな」

テーブルの向こうの男を焦《じ》らし、いたぶるかのごとく、のろのろとグラスを取り上げ、ウォッカを舐《な》めた。

「ぎりぎりまで日本軍に勝たせ……最後でひっくり返すのでしたな」

男が、初めて口を開いた。

乾いた風を思わせる響きの声音である。

「日本は戦争に敗れ、最悪の場合にはロシアの植民地になるだろう」

老人は、恐るべきせりふを返すと、ウォッカで濡《ぬ》れた口ひげをしごきながら問いかけた。

「雷四郎《らいしろう》、お前は日本人だ。自らの祖国を滅亡させる一挙に加わって、後ろめたくはないのかね？」

やはり日本人であるらしい男は、意外な表情を浮かべた。

再び、微笑を見せたのだ。しかも、それは苦笑と形容するほかないものだった。

「ふ、ふふっ。聞くまでもなかった。お前は、正真正銘の売国奴《ばいこくど》だったな。でなければ、私も、ここまで重用《ちょうよう》したりはしない。だが」

言葉を切った老人は、黒めがねを外す。

奇怪な瞳があらわになった。

その色は黄金《きん》の輝き。

にもかかわらず、豊饒《ほうじょう》さや雄壮さはみじんも感じられない。

もしも、地上の帝王ではなく、地獄の君主が黄金色の瞳をしていたならば、きっと、こんな昏《くら》い印象を与えることであろう。

そのように子供じみた考えを持たせてしまうほど、老人の眼は陰気な何かを秘めていた。

「最後は、お前とあやつ、諏訪《すわ》雷四郎と志村一心に殺し合ってもらわねばならぬ。私の夢を実現させるのは、いちばん強い男でなくては、な」

陰惨な宣告を受けながらも、諏訪雷四郎と呼ばれた男は、少しも動じなかった。

「もとより望むところ……いいや、一日でも早いほうがよい」

短く答えた雷四郎は、グラスを取ると、のどの奥に叩きつけるようにして、ウォッカを飲み干した。

第三章　奉天《ほうてん》へ

1

満洲に春がやってきた。

いかなる天象の気まぐれか、今年はことのほか、春の到来が早い。

雪に閉ざされていた荒野の寒気もやわらぎ、いまだかたちとなってはいなくとも、木々はひそかにあらたな芽を息吹かせる準備をはじめている。

しかし、この明治三十八（一九〇五）年の春は、自然のみならず、日本軍にとっても、再び活力を取り戻させてくれるものだった。

まず、あれほど日本兵の血を吸っていた旅順が、ついに陥落している。

明治三十七年十二月四日に、二百三高地に主眼を置いた総攻撃が行われ、翌五日に同地を占領したのであった。

すぐに二百三高地に観測班が派遣され、その管制のもとに旅順港内のロシア艦隊に砲撃が加えられたのはいうまでもない。

それによって、連合艦隊も長く苦しい封鎖任務を解かれ、来るべきバルチック艦隊との決戦に備えるべく、内地へ帰還できるようになったのである。

むろん、その陰には、二百三高地の頂上に立ち、旅順港内を見下ろせることを自ら確認してきた一心の報告が説得力を発揮し、乃木第三軍が方針転換したということがあったわけだ。

しかし、成功した間諜《スパイ》は、永遠に無名に終わる。

一心と二百三高地をめぐる秘話が正史に記されることは、けっしてないであろう。

ともあれ、すさまじい犠牲を払いながら、何度も総攻撃を行った日本軍により、すでに消耗し、予備兵力を使い果たしていた旅順防衛軍は、これまでの抵抗が嘘《うそ》であるかのように押されていった。

二百三高地が陥落してから約三週後の明治三十八年正月五日、要塞の主要部分を占領された旅順防衛軍司令官ステッセルは、日本第三軍司令官乃木将軍と水師営《すいしえい》で会見、停戦協定を締結したのである。

一方、旅順が陥落すれば、それで自由になった乃木第三軍が北上し、日本の野戦軍が強化されると危惧《きぐ》したロシア極東方面軍司令官クロパトキン大将は、その前に大山巌大将率いる満洲軍を叩こうと、一月に攻勢をしかけてきた。

この、いわゆる黒溝台《こっこうだい》会戦でロシア軍の攻撃を予期していなかった日本軍は、おおいに苦戦したが陣地を死守し、敵を撃退することに成功したのだ。

こうして、つらい冬を乗り切った日本軍に、戦機の上での春がやってきた。

昨年二月の開戦以来、日本軍は満洲にあるロシア軍と決戦し、これに潰滅的《かいめつてき》打撃を与えんとしたものの、兵力と砲弾が充分でなく、必ずしも成功していない。

だが、今度は旅順に拘束されていた第三軍が使える。

加えて、落ちてくるしずくを甕《かめ》にたくわえるようにして集積してきた砲弾も、相当量に達していた。

この春こそ、奉天周辺に長大な陣地を築き、鉄壁の守りを固めているロシア軍に決戦を挑み、日露陸上戦の雌雄《しゆう》を決すべきときになろう。

ところが――。

一心の眼《め》の前に座っている満洲軍総参謀長児玉源太郎大将には、まさにこれから一大決戦にのぞもうとしている軍人の鋭気は、少しも感じられなかった。

もともと快活な性格で、はつらつとした人物だとの評判だった。にもかかわらず、今の児玉は、むっつりとして、とりつく島もないというふうな印象を受ける。

心なしか、頬の肉も落ち、眼の下にうっすらと隈《くま》ができているようでもあった。

無理もない、と一心は思う。

たびかさなる激戦苦戦を経ていながら、満洲軍の士卒《しそつ》に厭戦《えんせん》気分が生じていないのは、総司令官大山巌の統率力のたまものである。いわば、大山は日本軍将兵の心臓なのだ。

しかし、具体的に作戦を立案し、差配している頭脳は児玉であるということは、衆目の一致するところだった。

つまり、児玉の考えが適切かどうかに、数十万の将兵の生死がかかっているのである。

それだけでも大変な負担であるのに、そもそも、この日露戦争は、維新から四十年にもみたない小国日本が、強大なロシア帝国に対しているいくさだ。

まるで子供が大人に挑んでいるようなものであり、従って、ごくささいな過ちといえども致命傷になりかねない。

そうした綱渡りを強いられてきた児玉が心身ともに疲れはて、無愛想になっていたとしても、責められるいわれはないし、むろん一心も、そんな心ないことを言うつもりはない。

ただ、ここ、満洲軍総司令部の、ろくに家具もない質素な執務室に招じ入れられてから、もう二十分ほどは経《た》っている。

その間、陸軍大将で満洲軍総参謀長という大物と二人きりで差し向かいなのだから、いささか息が詰まるのもいたしかたないというものだった。

「……おお、すまん。呼びつけておきながら、手持ち無沙汰《ぶさた》にしてしまったの」

うつむいて黙り込んでいた児玉が、ふと顔を上げ、一心に話しかけてきた。

くりっとした眼と長州訛《ちょうしゅうなま》りが愛嬌《あいきょう》になっている。いつも冗談を飛ばしているという噂《うわさ》のあるひとだから、こうして難しい顔をしているほうが特別なのだろう。

「二百三高地の一件で大功をあげたばかりの名人間諜、志村一心を招いたのはほかでもない」

大仰《おおぎょう》なもの言いで切り出され、一心はこそばゆくなった。

が、すぐに、表情を引き締める。

児玉ほどの俊才が、理由もなく一介のスパイに社交辞令を使うはずがなかった。口をきわめて絶賛するということは——それにふさわしい困難な任務を与えるということにちがいない。

一心の予想は、不幸にも的中した。

「無茶なことは百も承知している。しかし、日本国の興亡がかかっているからには、君に頼むしかない」

丸い眼を光らせて、児玉は告げた。

「敵将クロパトキンの司令部に潜入し、ここぞというところで、彼の企図《きと》を通報してほしいのだ」

なるほど、非常識な注文だ。

かろうじてポーカーフェイスをたもちながらも、一心は胸のなかで唸《うな》っていた。

もちろん、これまで達成してきた仕事は、どれもこれも不可能としか思われないものばかりではあった。

義和団事件のとき、北京で包囲されている味方のもとに忍び入って、実情を把握してこいと言われたこともあれば、ロシアの最新戦艦の設計図を奪い取らねばならぬはめにおちいったこともある。

けれども、まさに戦争を行っているさいちゅうに、相手の司令部に居座って、その意図を報告せよというような命令は、さすがに受けたことがない。

あまりに虫がよすぎる願いといえた。

軍隊の世界でよく使われる言葉に「丘の向こう側」というのがある。丘にさえぎられて見えない反対側の斜面、つまり、敵の内情というぐらいの意味だ。

実際、「丘の向こう側」のなりゆきを把握しながら戦争ができれば、まず負ける心配はないだろう。

児玉は、その「丘の向こう側」を見てこいと、一心に要求しているのだった。

「酷な願いではある。が、やるしかないでのう」

顔には出さねど、一心があぜんとしているのを察したか、児玉が首を振りながら、説明しはじめた。

現在、満洲軍の指揮下には、第一軍から第四軍、それに鴨緑江軍の五個軍が入っている。

厳密にいえば、鴨緑江軍は韓国駐箚軍《かんこくちゅうさつぐん》に属しているのだが、今回の総攻撃においては、満洲軍の指揮を受けることになっている。

これら五個軍は、東から西へ鴨緑江軍、第一軍、第四軍、第二軍、第三軍の順に配置されていた。

「他言無用だ……といっても、君ほどのスパイが、ぺらぺらとしゃべるはずもなかろうが」

一瞬だけ微笑をひらめかせてから、児玉は眉根を寄せた。

「作戦を煮詰めていくと、打てる手は二つに絞られる。右翼の鴨緑江軍と左翼の第三軍、この両軍が大きく迂回《うかい》して、ロシア軍の東西の側面を攻撃、敵を包囲殲滅《せんめつ》する策が一つ」

一心は思わず、ごくりとのどを鳴らしてしまった。

当然であろう。

来るべき奉天の戦いで、日本軍がいかなる作戦を行うか。

敵のロシア軍はもちろんのこと、全世界が知りたがっていることだといっても過言ではない。

その秘中の秘を、満洲軍の頭脳である児玉源太郎自身から打ち明けられているのだから、間諜としてすれてきたといってよい一心といえども興奮せざるを得なかった。

「逆に、左右の鴨緑江軍と第三軍でひと当てし、後方をおびやかされるのではないかと敵を動揺させたところで、中央を突破し、ロシア軍を分断撃破する手もある」

一心はうなずいた。

自分も、かつては陸軍将校だった身である。

大きく包み込んで叩くか、それとも、中央に強力な部隊を集中して打ち抜くか。

名将児玉ならずとも、彼我の兵力や配置をみて、考えていけば、このいずれかの作戦に落ち着くはずである。

ところが、つぎの瞬間、児玉は意外なことを洩《も》らした。

「どちらでいくべきか、作戦発動まであと二週間もないというのに、わしは決めかねておる」

「そんな……」

一心は絶句した。

戦争において、遅疑逡巡《ちぎしゅんじゅん》は絶対に禁物である。

よりよい作戦をと思案して時間を費やすよりも、拙速《せっそく》ではあれ、行動に出るほうが戦機をつかめるのだ。

その程度のことを、児玉ともあろうひとが理解していないわけはないが――。

「呆《あき》れておるな。だが、正直なところだ」

ひどく厳しい表情になって、児玉が言った。

「大山閣下は、奉天をめぐる会戦こそ日露戦争の関ヶ原《せきはら》になるとおおせでな。攻撃開始に際しての全軍布告にも、その文言を入れるといわれる。まさしくこの一戦で、日本の興亡が決まるじゃろう。だからこそ」

満洲軍総参謀長は、深いため息をついた。

「わしには、誤りは許されぬ」

児玉の苦悩に、一心は粛然《しゅくぜん》とした。

錯誤《さくご》を犯し、敗将の汚名を着るのはまだよい。

それは、しょせん個人の不幸にすぎないからである。

しかし、児玉の場合は、その程度のことでは済まない。

彼の失敗は、すなわち日本の滅亡につながるのだ。

その重すぎる責任をおもんぱかり、いつのまにか姿勢を正していた一心に、児玉が語りかけた。

「もはや矢は弦《つる》を離れんとしている。いつまでも愚図愚図してはいられぬから、攻撃を発動しないわけにはいかぬ。が、わしは、戦闘に入ってもなお、ロシア軍の企図があきらかになるのを待とうと思っておる。クロパトキンが何を考えているかが暴露されたときに、初めて渾身《こんしん》の一撃を加えるのだ。むろん、ただ待っているのではないぞ」

黒い瞳に、炯々《けいけい》たる光が宿った。

どうやら、剛直な地金があらわになってきたらしい。

「騎兵を放ち、満洲馬賊《ばぞく》を雇って、ありとあらゆる情報を集める。その上で決断するのだ。君にクロパトキン司令部潜入を命じるのも、その一環である」

最初に聞かされたときは、なんと理不尽《りふじん》なことをと思った。

が、児玉の置かれた苦境からすれば、そんなことを頼んでくるのも納得がゆく。

それに――。

しだいしだいに、頭のなかで、策がかたちをなしていくのを感じていた。

一見、不可能とみえることではある。

が、万に一つ、成功の見込みがないわけではない……。

そこまで一心が考えたときに、児玉がふいに笑顔になった。

ひとの悪い笑みである。

「率直に言って、とてもできぬことであるという気がする。たとえ、日本国随一の間諜志村一心であろうとな」

敢《あ》えて挑発していると取れる言いぐさに、一心は、自分の利かん気に火がつくのを覚えた。

「だが、百のうち九十九まで失敗すると思われても、一の見込みがあれば、手を打っておくのが、将たるもののつとめさ。どうだ？」

児玉は身を乗り出して、正面から一心を見つめた。

「その一の見込みはあるかね？　ないというなら、こんなことを考えたのも、君を呼んだのも、まったくの無駄ということに……」

「もちろん、成功させてみせます」

ほとんど反射的に、児玉の言葉をさえぎり、大見得《おおみえ》を切っていた。

胸の奥で、別の自分が悲鳴をあげているのがわかったけれど、今さら、あとにはひけない。

「よろしい。必要なものがあれば、いくらでも要求したまえ。満洲軍の機密費から支出する」

してやったり、とばかりに、児玉が満面の笑みを浮かべた。

2

東の空が白々と明け、満洲の巨大な太陽が顔を見せはじめる。

しだいに、朝日が前方に横たわる鉄道堤《てつどうつつみ》を照らしだした。

奉天から来たりて、北方の鉄嶺《てつれい》に至る線路、ロシア軍にとっては生命線となる鉄道線である。

もしも日本軍がここまで到達したならば、ロシア軍は補給路、さらに退路までも断たれる恐れがあるから、蒼惶《そうこう》として撤退せざるを得ない。

そうした事態が現実になればよいのだが――。

馬上の一心が、自然とそんなことを考えたとき、はるか彼方《かなた》、西南の方角に、轟音《ごうおん》がわき起こった。

夏ならば、ときならぬ朝の嵐が生じ、雷鳴をとどろかせたと思うところであろう。だが、今の満洲は早春、いかに気象が両極端に振れることが多い大陸とはいえ、それはあり得ない。

一心には、その響きの正体がわかっていた。

本日は二月二十七日。乃木将軍率いる第三軍が、奉天に向かって攻撃前進を開始したのである。

その砲兵隊が猛烈な射撃を加えて、味方の前進を援護しているのであった。

今回の潜入を準備するにあたり、児玉は、奉天攻撃案をこと細かに説明してくれた。

本来ならば、間諜ふぜいが軍の大作戦のすべてを把握するなどというのはあり得ないことだったが、一心の任務は戦闘の進捗《しんちょく》と密接に関係しているために、児玉としても教えないわけにはいかなかったのである。

児玉の作戦構想はこうだ。

二月二十二日、右翼の鴨緑江軍が攻撃を開始、ロシア軍を東に引きつける。ついで、左翼の第三軍が迂回進撃し、西方から奉天をめざすかたちで脅威を与える。

そこから先が、一心の諜報活動の成果にかかっていた。

クロパトキンが左右の日本軍を重くみて、中央部にある味方部隊を引き抜き、手当てするようなら、満洲軍の総予備隊を投入して、戦線の真ん中に斧《おの》を打ち下ろすがごとき攻撃を加える。

逆に、ロシア軍が両翼の脅威に動ぜず、奉天前面の守りを固めたままであったなら、大包囲作戦に出て、彼らの退路を遮断《しゃだん》する。

このいずれの策を選ぶかを判断するにあたり、一心がもたらすであろう情報は、決定的な重要性を持っているのだった。

しかし、第三軍の前進開始は、三月一日だったはずと、一心は首をかしげる。

が、すぐに見当がつき、にやりと笑う。

おそらく、右翼の鴨緑江軍の攻撃が、予想よりも順調に進んだのだ。そこで、左翼の第三軍の攻撃も歩調を合わせて、早められたのにちがいない。

状況の変化に合わせられるよう、余裕を持った計画を組んだのは正解であったか。

一心は、軽く肩をすくめた。

児玉総参謀長から任務を授けられてから、およそ一週間ほどのうちに必要な手配をととのえた一心は、騎兵第一旅団から選《え》りすぐりの駿馬《しゅんめ》を一頭借り受けた。ちなみに、この旅団の指揮官は、海軍の秋山参謀の兄、秋山好古《よしふる》陸軍少将である。

その早波《はやなみ》という名の栗毛《くりげ》の馬を駆って、一心は単騎出発した。

第三軍の前線から、いったん北東に進み、途中で方向を転じて、奉天に向かうのである。

こちらの方面は、ロシア軍の警戒が手薄であるから潜入しやすく、また、奉天・鉄嶺鉄道の線路が目じるしになるから、迷うこともない。

きっと、攻撃を開始した乃木第三軍も同様の経路をたどって、奉天に殺到することであろう。

しかし、一心は当てもなく、ただ奉天へ進んでいるというわけではなかった。

――前方の鉄道堤を見据えながら、水筒を取りだし、中身をあおる。

中に入っているのは水ではなく、度数の高い白酒《パイチュウ》だ。

飲料水の水筒も別に持参しているけれども、早春の満洲にあっては、身体《からだ》を温めてくれるアルコールが不可欠なのである。

ただし、急いで飲み過ぎたようだ。

少しばかりむせて、咳《せ》きこんだところで……一心は眼を瞠《みは》った。

突如、鉄道堤上に林が出現したのだ。

しかも、その林が一心の姿を認めるや、猛然と突進してくる！

のである。

すぐに一心は、自らに錯覚を起こさせたものの正体を察した。

十数名ほどのコサック騎兵の一隊だ。

それが、手に手に馬上槍を掲げているため、にわかに林が生まれたかのごとくにみえた
一心は、あわてて馬の頭《こうべ》をめぐらせた。

拍車で脾腹《ひばら》を蹴って、早波を走らせる。

奇妙な感覚だった。

もし、あらかじめ打ち合わせた通りの相手だったら、適当に馬を駆けさせておけばよい。

だが、偶然に出くわした敵なのだとしたら、捕らえられれば一巻の終わりである。

とりあえず、一心は必死に馬を疾走させた。

コサックといえば、子供のときから馬に慣れ親しんでいる、絶妙の騎手ぞろいと聞く。

筋書きにもとづいて動くとしても、全力で対抗しなければ、お芝居にもならぬ。

まったく振り向かぬまま、手にした兼定を鞭《むち》の代わりに使って、馬を進めながらも、一心はけんめいに後方のようすをうかがった。

凍った地面を打ち砕く馬蹄《ばてい》の響き。

それが、十数騎から発せられているから、太鼓を乱打しているかのように聞こえる。

しかし——銃声はない。

コサックには、馬上槍だけでなく、騎兵銃も装備されているはずだから、ないわけではなかろう。

すなわち、一心を殺すのではなく、生け捕りにするつもりなのだ。

そう判断したあたりで、蹄《ひづめ》のとどろきが、すぐ後ろに迫ってきた。

「止まれっ《ストーイ》」

ロシア語で命じられたが、むろん従ったりはしない。

「駆けろ、早波」

一心が馬を励ましたのと同時に、コサックたちが立てる轟音が二手に分かれ、左右から迫ってきた。

荒々しいかけ声が飛び交い、ついには、一心の脇に馬上槍の銀色の穂先がひらめく。

わざと宙を突いているところをみると、まだ本気ではない。が、もう攻撃を加えられる間合いまで迫ってきたのだ。

やがて、一心は前後左右をコサック騎兵に囲まれた。

兼定で抜き打ちをかけても届かないが、馬上槍の刺突《しとつ》を繰り出せる程度の距離を保っているのが、心憎いばかりである。

もはや、一心もあきらめる、もしくは、あきらめたふりをするほかなかった。

早波のたづなを引き、襲歩《しゅうほ》から駆け足、そして並足にさせる。

「殺すな、投降する」

抵抗の意志がないしるしとして、鞘《さや》に収まったままの兼定を高々と掲げながら、一心は叫んだ。


ロシアふうの煉瓦造《れんがづく》りの洋館。

その地下室に放り込まれた一心は、ほっと息をついた。

鉄扉《てっぴ》には鍵がかけられた上に、そこに開いた小窓には鉄格子がはめられている。おまけに、外の廊下では、剣付き鉄砲を構えたロシア兵が看守役をつとめていた。

たぶん、戦争前は、奉天の警察が使っていた建物なのだろう。それを今は、ロシア軍が接収し、捕らえた捕虜や軍事探偵を収容するのに用いているといったところか。

つまり、一心としては、絶体絶命のはずだが——その表情は、余裕さえ感じさせる。

普通の斥候に捕らえられたのなら、奉天まで連れてこられることはない。

現地部隊の司令部に連れていかれて、尋問されるなり、軍事裁判にかけられるなりするはずだ。

にもかかわらず、自分を捕らえたコサック騎兵が本隊から人数を出して、クロパトキンの司令部がある奉天まで護送してきたということは、ことがうまく運んでいる証拠だ。

そう信じた一心は、ろくに暖房もない地下室の寒さに震えながらも、つぎの展開を待った。

捕まってから、ここに放り込まれるまで、およそ一日半。

すでに、頼みの綱とする人物に、日本スパイが奉天に連行されてきたとの報せは届いているにちがいない。

その彼には、黒パンと塩水のようなスープだけの昼食を摂《と》った直後に会えた。

番兵が声をかけてきて、階上の一室に連れて行かれたのだ。

監獄に使われている地下室とはちがい、そこではペチカの火があかあかと燃えていて、かすかに汗ばむほどである。

片隅に据えられた湯沸《サモワ》かし器《ール》も、盛大に湯気をあげている。

銃剣を突きつけられているのが居心地悪かったが、そこの安楽椅子に座り込み、泰然自《たいぜんじ》若《じゃく》としているふうをよそおった。

ただ、内心、一抹《いちまつ》の不安がある。

ここまでは順調に進んだ……と思われる。

しかしながら、自分が書いたのは、われながら大胆不敵すぎると呆れずにはいられないような筋書きだ。

芝居がうまく運んでいるとは感じられるものの、真の意味で安心する気にはなれない。

しかも、この部屋に連れてこられてから、三十分は経つというのに、番兵がしかめっつらをしているばかりで、誰も現れないのである。

一心としては、焦慮《しょうりょ》を覚えずにはいられなかった。

――けれども、やがて、廊下から足音が聞こえてくる。

ついで、堅い木を打ち付けるような、硬質の音が鳴った。

あやうく歓声をあげそうになる。

あの独特の響き、忘れようとしても忘れられるものではない。

やがて、足音は部屋の前で止まった。

一心が注視する先で、ドアが開く。

剃《そ》り上げた頭にモノクル、傲然《ごうぜん》とした表情。

そこに立っていたのは、Sであった。

3

ただし、部屋に入ってきたのは、Sだけではない。

大型の牧羊犬、ジャーマン・シェパードが一頭、あとから、のっそりとついてくる。

犬が苦手なのか、そのシェパードに薄気味悪そうな視線を投げた番兵に、Sがロシア語で命じた。

「機密に触れる尋問をする。お前ははずしていろ」

番兵は、当惑顔で異議を唱える。

「はあ……お言葉ですが、相手は日本の間諜です。危険ですので、自分がお守りしたほうが……」

「ほう、お守りする？」

上官のいうことには唯々《いい》諾々《だくだく》と従うのが常のロシア軍人にしては珍しく、口ごもりながらも意見を述べた番兵に、Sは冷笑を浴びせた。

「クロパトキン閣下直属で、諜報にたずさわっている、この私に対して、丸腰の人間に何ができるというのかね」

反問された番兵は震え上がった。

「失礼しました！」と叫んで敬礼するなり、そそくさと退室する。シェパードがひと唸りしたのも、彼の足を速めさせる効果があった。

「さすがに、クロパトキン将軍の司令部勤務となると、兵隊でも、ほかの部署についている連中とはちがう。まがりなりにも自主性を示したことを褒《ほ》めてやらねばな」

皮肉とも、正直な感想ともつかぬSのせりふに、一心は胸が高鳴るのを感じた。

「クロパトキン将軍の司令部」という言葉が意味することに、おおいに刺激されたのだ。

やはり今、自分は敵の総帥《そうすい》の司令部にいるのだ。

敵将のもとに潜入し、その企図を探るという任務の、少なくとも前半は達成されたのである。

それにしても……さすがに、Sというべきか。旅順を脱出したばかりか、日本の二重スパイとして、クロパトキンのふところに入り込んでいるとは。

一心は、まじまじとSを見つめてしまった。

二百三高地で背中を押され、再びロシア軍と日本軍に分かれた二人ではあるが、実は、Sはひそかに一心に連絡をよこしていたのだった。

まず、一心がもたらした情報により、日本軍が二百三高地に焦点を合わせた総攻撃を敢行する直前に、Sは旅順を脱出していた。

クロパトキンの許可を得て、以後は奉天方面で諜報活動を続けるとして、ジャンク船で海上に逃れたのである。

だが、Sはどうやって、包囲された旅順から外部に連絡を取っていたのか。

一心は最初、伝書バトを使っているのだと推測していた。

それならば、陸と海を封鎖されていても、自在に通信文を送受できるし、事実、外のロシア軍もそうやって、不完全ながらも旅順防衛軍とやり取りをしていたようだ。

しかし、Sは、それ以外にも独自の手段を持っていた。

何十頭もの犬を使い、これをメッセンジャーとしていたのである。

これら多数の犬はそれぞれが、たとえば奉天と旅順、遼陽と大連《だいれん》といったぐあいに、満洲の要地間の道を覚えこまされて、どこかで放たれれば、そのいずれかの目的地に走るよう訓練されていた。

Sは、この犬の首輪に暗号文を仕込み、戦時下の満洲のどこにいても、戦線を越えて通信ができるようにしてあったのだ。

まったく、名案というべきであった。

犬ならば、人間以上の速さで、しかも人の通れぬところを駆け抜けてくるし、たとえ無人地帯をさまよっていたとしても、戦争で主人に見捨てられた、哀れな野良犬と思われるだろうから、怪しまれることも少ない。

今、Sの足もとにうずくまっている雄《おす》のシェパードもその一頭で、名前はハインツという。

ロシア語で「イッシン・シムラ」と記された首輪をした彼が、遼陽の街をうろついていたところを日本の兵隊に発見され、それがまわりまわって、一心のもとに連れてこられたのが、ことの発端であった。

なぜ、自分の名が見知らぬシェパードの首輪に記されているのか、いぶかしんだ一心であったけれど、やがて、その昔、Sに教えられたことを思い出したものである。

伝書バトはもとより、犬や馬なども、一定程度の帰巣《きそう》本能を有しており、連絡通信に使える可能性を秘めている。間諜たるもの、動物の活用も心得ておくべし……。

これに従い、一心は、暗号で記された通信文をシェパードの首輪に隠し、日本軍の前線近くで放してみた。その暗号も、Sに仕込まれたものの一つを用いたことはいうまでもない。

数日後、予想通りに、シェパードはSからの暗号文を遼陽に運んできた。

その手紙により、一心は、Sが旅順陥落前に北方に脱出していたこと、そしてこの犬はハインツという名前であることを知ったのだ。

以後、ハインツを通じて、一心はSと戦況について情報交換していた。

児玉源太郎から、とても実行不可能と思われる任務を命じられながらも拒否しなかったのは、この一筋の糸に望みを託したからである。

そう、一心がコサックに捕まったのも、前もってSと示し合わせてのことだった。

今や、クロパトキンの腹心になりおおせているSが、日本軍スパイの情報を得たとして、生きたまま一心を捕らえさせる。

しかるのちに、奉天のロシア軍司令部に連行し——Sの庇護《ひご》のもと、捕虜という隠れみのを使いながら、情報収集に従事する。

危険きわまりない策ではあったけれど、これしかないと一心は心を決めた。伝書犬ハインツの活躍により、その意向を知ったSもまた同意し、とうとう、この一挙に至ったのであった。

とはいえ、いちかばちかの冒険は、今のところ、思うつぼにはまっている。

「有り難うよ、ハインツ」と、日本語で声をかけてやったものの、シェパードはお義理程度に尻尾《しっぽ》を振っただけである。

愛想のないやつだと、肩をすくめた一心ではあったが、すぐに表情を引き締めて、Sに尋ねた。

二人きりであるにもかかわらず、声をひそめ、ロシア人にはなじみの薄いであろう英語を使っている。

「俺が捕まってからの戦況はどうなっていますか。日本軍の攻撃の進捗は？」

「必ずしもよくない。クロパトキンは、迂回北進してきたノギの第三軍に予備兵力を向け、猛攻に耐えている。一進一退のつばぜり合いといったところだ」

Sも英語で、簡潔な答えを返す。

だが、一心には、それだけでも、奉天をめぐるいくさの状況が手に取るようにわかった。

ロシア軍は、左右両翼から攻めてくる日本軍に包囲されまいと、予備の部隊を差し向けて、必死に守っている。

もちろん、鴨緑江軍や第三軍の突進を助けようと、戦線中央部にいる日本軍部隊も攻撃を繰り返しているはずだが、奉天前面のロシア軍は堅固な陣地を構えているとの情報があった。

おそらく、その陣地の防御力ゆえに、日本軍の正面攻撃は成果をあげられずにいるのだろう。

腕相撲にたとえるなら、両者が握り合わせたこぶしがぴたりと中間で止まり、力が均衡している状態に似ている。

しかし、それだけに……ひとたび、総司令官の意志に迷いが生じたら、一気に崩れるということもあり得る。

「クロパトキンはどうです。奉天を死守し、日本軍を撃退する決意に変わりはないのでしょうか」

「有《あ》り体《てい》にいって、かなり動揺している。彼は、ノギ軍が攻めてきた奉天北西方を軽視しており、警戒用の騎兵を置くぐらいの対処しかしなかったのだ。そこを衝《つ》かれたものだから、包囲される可能性があると考えだし、その前に撤退すべきかどうか、迷っている」

「ならば……」

一心は腕を組んで、考え込んだ。

剣術と同じで、つばぜり合いの態勢から離れる瞬間が、いちばん危ない。

もし、うろたえたクロパトキンが退却を命じたそのときに、機を逸《いっ》せず日本軍が追撃をかけたならば、引く力に押す力が加わって、予想外の打撃を与えることも期待できるのだ。

その考えに夢中になった一心は、自分を見つめるSのモノクル越しの視線が、奇妙な翳《かげ》りを帯びてきたことに気づかなかった。

「お願いです。なんとかして、俺をクロパトキンのそばに近づけてください。やつが退却を決意するように働きかけ、それを児玉閣下にお伝えして……」

「あいにくだな、イッシン。君の望みはかなえてやれん」

意外きわまりないせりふで、Sは、一心の発言を引き取った。

一瞬、何が起こったのかわからず、不覚にも呆《ほう》けてしまう。

が、事態の急変をさとって身構えるのと、Sが義手をテーブルに打ちつけて、高い響きをあげるのとは、ほぼ同時だった。

番兵を呼んだのか⁉

歯嚙《はが》みした一心は、丸腰ながらも抵抗してやろうと、椅子から立ち上がり、ペチカのほうに後ずさる。

横目で出入り口の扉を見やる。

が、やがて聞こえてきた足音は、思いもかけず、少なかった。

数名の兵隊が来るかとみたのに、一心の耳がたしかならば、廊下を進んでくるのは、わずか二人。

ただし、いずれも腕に覚えのあるものであるらしいことは、足音だけでわかった。武術に熟達した人間は、普段歩いているときでも、おのずから足さばきがちがうのだ。するとＳが鍛えた荒事《あらごと》専門の達人か。

いよいよ絶体絶命だと心中で震えつつも、構えは解かず、ドアを横目で見やる。

けれども――。

いっぱいにドアを開いて、踏み込んできた二人を認めた一心は、声を上げずにはいられなかった。

先に入ってきたのは、日本刀を提げた長身痩軀《ちょうしんそうく》の男。

一心にとっては、宿敵ともいうべき諏訪雷四郎である。

その背後で、愉快げに微笑をたたえているのは、名も素性も知らぬけれど、これまで散々に煮え湯を飲ませてくれた怪老人であった。

この二人を眼にして、何が起こっているのかを察することができないほど、一心は愚かではない。

「Ｓ、あなたは……裏切ったのか！」

ついに感情を抑えきれなくなり、Ｓに向かって怒号する。

返ってきたのは、軽蔑《けいべつ》まじりの言葉でしかなかった。

「おやおや、がっかりさせてくれるものだ。十年も経てば、私が教えたことも、すっかり忘れてしまったというわけかね？」

かぶりを振ったSは、冷ややかに告げた。

「スパイには、永遠の敵も不朽《ふきゅう》の友情もない。いわんや、雇われ間諜においてをや」

いらだちもあらわに、こつこつと義手をテーブルに打ちつける。そのさまは、一心の不心得に、本気で失望しているかのようにみえた。

「君を教育したときは、日本政府と契約していた。そして、現在は、日本軍のためにロシア軍に潜入し、二重スパイをつとめているとの偽装で」

ちらりと怪老人を見やる。

老人は満足そうにうなずいた。

「……あちらのお方のために働いている。それ以上でも、それ以下でもない」

感情を消した、抑揚のない声になって、Sが断じる。

たまらず、一心はその場に膝を突いてしまった。

それほどに、この打撃は大きかったのである。

間諜となって、ほぼ十年。

汚い策略も裏切りも慣れっこになったつもりであった。

だが、ひとたびは師とあおいだ人物が敵と内通していようとは。

いくら甘いといわれようと、背信という言葉が頭をよぎるのは抑えられなかった。

みじめだった。

哀れだった。

信じた人間に裏切られた自分が。

茫然《ぼうぜん》とする一心の耳に、木枯らしのような笑声が響く。

彼にしてみれば、まったく珍しいことであったけれど、よほど一心のありさまを小気味よく思ったのか、諏訪雷四郎が笑いを洩らしたのであった。

第四章　クロパトキンの決意

1

一心の受けた衝撃《しょうげき》は大きかった。

かろうじて、いつでも格闘に移れるような構えを保っているが、そうなったとしても、とてもまともな働きができるとは思えない。

その一心に向けて、Ｓが拳銃を突きつけた。

殺すのか、俺を？

胸のなかに穴が空いたような、奇妙な感覚を覚えながら、黒い銃口を見つめる。

いっそ撃ち殺されてしまいたいと願ったけれど、それはかなわなかった。

「しばしの猶予《ゆうよ》を与えよう、志村一心」

相手が虚脱状態にあるのを見抜いたとみえ、一瞬破顔したのちに怪老人が告げる。

「日本軍の攻撃は限界に達しつつある。やがて、歩兵は疲れきり、砲兵は弾を撃ちつくすときが来るだろう。その実情をクロパトキンに教えてやれば、やつは喜び勇んで、反撃に移る」

満洲のロシア軍を率いる将軍を「やつ」呼ばわりしつつ、怪老人は呟《つぶや》いた。クロパトキンほどの大物であっても、まったく歯牙《しが》にかけていないらしい。

「たっぷりと余力を残したロシア軍の猛攻を受ければ、日本軍は総崩れとなる。日露戦争は、私の書いた台本通りに進み、私の思うままに終わるというわけだ」

薄気味の悪いことを述べた怪老人は、一心を指さした。

「そうして決着がついたところで、お前には、この諏訪雷四郎と戦ってもらう」

不可解なせりふを、一心はいぶかしんだ。

すでにとりことなった身、まな板の上の鯉《こい》も同然なのだから、殺す気になればいつでもできる。

なのに、わざわざ雷四郎と決闘させるというのがわからない。

あるいは、きゃつが自分に抱いている敵愾心《てきがいしん》を満足させ、これまでの苦労に報いてやるためか？

「そうではないぞ、志村一心」

心臓が破裂するかと思った。

怪老人は、一心の胸中を寸分たがわず読み取ったかのごとくに、どんぴしゃりの指摘をしてきたのである。

「雷四郎は、おのが手でお前を切り裂き、ひと思いに殺してくれと懇願するようになるまでなぶってやると豪語している。たしかに、数年前までなら雷四郎のいうままになったであろう。だが」

言葉を切り、ちらりと怪老人は雷四郎を見やる。

「今となっては、はたして、いずれが斬られることになるか、さだかではない。だからこそ、命のやり取りをさせる意味がある」

どういうことだ、と反問しかけた一心の首筋に熱いものが走り、視界が暗くなっていく。

拳銃で動きを封じられたところにSが忍び寄り、義手の一撃を喰《く》わせたのであった。


かびくさい臭いを感じて、意識を取り戻した。

細目で、周囲をうかがう。

薄暗い照明、小窓にはめられた鉄格子がおぞましい鉄扉。

あの、地下室の監房である。

気を失っているあいだに、ここに運び込まれたにちがいない。

「眼《め》がさめたか、日本人」

廊下から、番兵がロシア語で声をかけてきた。

それに応じて、立ち上がろうとして――あやうく転びそうになる。

どうしたわけか、足がふらついていた。

いくらSの打撃が強烈だからといって、これほど応《こた》えるはずはないが？

「おい、無事かね」

心配そうに番兵が聞いてくる。

敵間諜の身を案じているわけもないが、Sを通じて、怪老人からの生かしておけとの命令が伝達されているのだろう。

もし一心が不測の死をとげたりすれば、この番兵も責任の一端を負わされかねないのだから、こちらの体調を気づかったとしても不思議はない。

「俺は、どれぐらいのあいだ気を失っていたのかな」

ずきずきする首筋を押さえながら、一心は問いかけた。頭の芯がぼうっとしているし、どうも昏倒《こんとう》していたのは数時間のことではないと思われたのである。

「ちょうど五日だな。このまま死んでしまうのかと、びくびくさせられた」

五日も意識を失っているというのは、どう考えても普通ではない。一心は嫌な気分になったけれど、何をされたか、すぐに見当がついた。

おそらく、Sがいた部屋で倒れたのちに、アヘンでも吸わされたのだ。

怪老人や雷四郎とは、これまでに何度も対決したことがある。彼らは、志村一心とはどんな窮地に立たされてもあきらめない男だと、知っているのだ。

それゆえ、ただ監房に放り込んでおくだけでは心もとないと、麻薬を使ってマヒさせたにちがいない。

「……今日は何日かね」

「日本人、お前、本当に大丈夫か？　頭がおかしくなったのではないだろうな」

いよいよ気づかわしげな口調になりながらも、番兵が、鉄格子の向こうから答える。相手が外国人であることをおもんぱかったか、少し考えてから、露暦ではなく西暦で教えてくれた。

「ええと……一九〇五年三月六日だ。理解できるだろうな」

「むろん、よくわかる」

短い答えを返したときに、部屋の隅に食い物の皿が置かれているのに気づいた。

大きな黒パンの固まりと塩漬けにした豚《ぶた》の脂身《あぶらみ》である。厳寒期には脂肪を取って、栄養をつける必要があることから、こんな食事を摂《と》るのだ。

このサーラという塩漬けの脂身、もともとはウクライナでつくられていたらしいが、今ではロシア全土に普及している。

ウォッカを飲むときには、これをつまみにして、胃袋のなかに脂の膜をつくり、強いアルコールにやられないようにするのだという話であるけれど、今は、そんなことはどうでもいい。

一心は、黒パンとサーラに飛びつくようにして、がつがつとむさぼった。

なにぶん、五日ものあいだ、何も口にしていないのだ。番兵も、とがめだてはしなかった。

ただ、からっぽになった腹にいきなり食物を詰め込むと、もどしてしまうことがあるから、よく嚙《か》むことだけは忘れない。

そうやって、あごを動かしているうちに、頭がすっきりしてきた。が、同時に不安もわきおこっている。

自分が眠っているあいだに、戦いはどんな展開になっているのだろう。

怪老人は、日本軍の力が尽きたところで、クロパトキンをそそのかし、反撃をやらせるとうそぶいていた。

たしかに大山大将麾下《きか》の満洲軍は、一年ほども激戦を重ねてきて疲弊《ひへい》しきっている。それに対して、大国ロシアはシベリア鉄道を活用し、ヨーロッパ方面にあった精鋭部隊を続々と増援として送ってきたのだ。

従って、今、クロパトキンが反撃に出たならば、開戦以降最高の状態にあるロシア軍が、どん底におちいった日本軍を叩くかたちになる。

つまり――敗戦は必至だ。

一心には知るよしもなかったが、奉天をめぐる会戦は、この恐ろしい予想通りに進んでいた。

二月二十二日の鴨緑江軍の攻撃開始以来、鴻《おおとり》が翼を広げるかのごとく、ロシア軍を左右から包み、これを包囲せんとする日本軍の作戦は図に当たり、進撃は順調だった。

しかし、日本軍の接近を知ったクロパトキンは、予備軍を派遣して阻止にかかる。これによって、奉天北西方から迫っていた第三軍は激戦に巻き込まれ、敵の後方遮断《しゃだん》どころか、ほとんど進めない状態になっていた。

このままでは日本軍の攻撃力は尽き、ロシア軍を決定的に打ち破ることはできなくなってしまう。

たとえ奉天の会戦が引き分けに終わっても、ロシアの補充能力は、日本のそれとはけたちがいである。

いずれ、満洲軍に数倍する兵力を以《もっ》て攻勢に転じることは間違いなく、そのとき、日露戦争の決着はつき、日本の衰亡も定まるであろう。

もちろん、今の一心には、そこまで明確な像は描けなかったが、いくさの行方に暗雲がたちこめていることだけは、十二分に察せられた。

ただし、今は待つしかない。

武器を奪われ、監房に閉じ込められている一心には、何らなすすべがないのである。

そんな一心を見て、抵抗する気力を失ったとでも思ったのか、番兵は話しかけるのをやめ、格子窓の向こうから姿を消した。

ややあって、ロシアの民謡らしい歌を小声で口ずさむのが数メートル先の廊下から聞こえてくる。一心が弱っているのをみて、安心しきっているのだろう。

だが、一心は、あきらめの悪い男である。

なるほど、Sの背信により心を傷つけられ、アヘンか何かの効き目が残っていて、身体《からだ》は気怠《けだる》い。

けれども、日本を敗亡から救わんとする意志を奪うことはできぬ。

必ず、脱出の機会はやってくる。

たとえ万に一つも望みがないとみえようが、絶対にものにしてやる。

そう信じて、一心は待った。

2

最初は、番兵が交替するだけだろうと思っていた。

ありふれた敬礼を交わす声と、小銃をがちゃつかせる響き。

が、今まで勤務していた番兵の口調が、にわかに緊張した。

「こ、これは……ご身分の高いお方が、このようなところに……」

軍靴のかかとを打ち合わせる、高い音が鳴った。

鉄扉の向こうのことで、一心からは見えないものの、番兵が背筋を伸ばして捧《ささ》げ銃《つつ》の敬礼をしている姿が、その気配から容易に想像できる。

ご身分の高いお方、と言ったな。

いったい、誰だ？

不審と好奇心をともに覚えて、廊下のほうに耳を澄ませた一心の眼の前で、扉が開いた。

まず、少佐の階級章をつけたロシア将校が飛び込んできて、拳銃を構える。一心の左胸に、ぴたりと照準が合わされていた。

続いて、先の番兵と、交替に来た兵隊の二人が入ってきて、小銃の先の銃剣を突きつける。

まことにものものしい雰囲気になったところで、眼にもあざやかな金モールや勲章で飾られた軍服を着込んだ人物が入ってきた。

年齢は三十代なかばぐらいか、なかなか整った顔立ちをしているけれども、腹が突き出ていて、精悍《せいかん》な感じはしない。

ロシア貴族の将官、ただし実戦は経験しておらず、もっぱら宮廷でツァーリのご機嫌を取ってきたおかげで出世したというところか。

一心の値踏みは、そう外れてはいなかったらしい。

「ほほう。こいつが、奉天に潜入しようとして、捕まった日本のスパイか」

きっちり切りそろえた口ひげを撫《な》でながら、派手な軍服姿の男が、一心をしげしげと眺めた。

その視線には、檻《おり》のなかの猿を見るのと同質のものが感じられ、あまり愉快ではない。

「姿勢を正せ、日本人。大公殿下の御前《おんまえ》であるぞ」

いささか大仰な言葉づかいで、少佐が命じた。

が、フランス語であったため一心には通じないと思ったのか、すぐにロシア語で言い直す。

「フランス語で結構。ロシア語も理解できますがね」

反抗的な気分になった一心は、あざやかな発音のフランス語で応じてやった。大公殿下と呼ばれた男が眼を丸くする。

「おやおや、ペテルスブルクの宮廷でも、こんなに見事なフランス語は聞けないぞ」

ロシア貴族は、ヨーロッパの公用語でもあり、外交に使われる言語でもあるフランス語を常用する。一心の発音は、そのロシア貴族の一員であるはずの「大公」を驚かせたのであった。

「お前のフランス語に免じて、私も名乗りをあげてやろう。クィビシェフ大公アレクサンドル・フョードロヴィッチ・ベルガーロフ陸軍中将だ」

これは、予想外の大物である。

一心は武人の礼儀を守り、居住まいを正すと無帽の敬礼をした。大公も、帯剣を掲げ、ゆうゆうと答礼する。

「自分は、大公殿下の御附《おつき》武官をつとめるペトロフ少佐だ」

上官に倣《なら》わぬわけにはいかぬとばかりに、いかにも不承不承《ふしょうぶしょう》といった具合に、少佐が左手で敬礼した。もちろん無礼な振る舞いではあるが、右手で拳銃を構えているのだから、これはいたしかたない。

「大公殿下は、皇帝陛下の特命を受けて、クロパトキン閣下の戦争指導を視察しに来られた。そこで、お前の話を耳にされ、自ら尋問されたいとのおおせで……」

いかめしい顔つきでペトロフ少佐が告げるのを、ベルガーロフ大公がさえぎった。

「少佐、貴官はいつもくどい」

御附武官を叱《しか》りつけ、恐縮させてから、大公がこちらに向き直った。

「要するに、私はお前の口から、日本軍の実情を聞きたいのだ。こんな決死行に指名されるからには、おそらく日本軍間諜《かんちょう》のなかでも切り札のような存在なのだろう」

大公は、一心をおだてあげた。

存外、世間知に長《た》けている。いい気持にさせて、ぺらぺらとしゃべらせるつもりだろう。だとしても――。

胸のなかで首をかしげた。

そんなことは、ロシア軍の特務機関なり憲兵《けんぺい》なりにまかせておけばいいはずだ。なのに、大公殿下ともあろう高貴なお方が、自ら陰気な監房に出向いて情報を取ろうとしている。

何か、事情があるのか?

一心の疑問は、すぐに解けた。

「たしかに日本軍は精強だった。だが、国力というものがある。とても、これまでのようには戦えないはずだ」

難しい顔になって、大公殿下は言いつのった。

「そうではないか。いわば、今の日本軍は伸びきった糸のようなもの。少しでも力をこめれば、ぷつんと切れてしまうことは、誰の眼にもあきらかだ。とはいえ、私はその証拠が欲しい。日本軍が疲れ切っていることを確認し、及び腰のクロパトキンを急《せ》かすためにな」

読めた、と膝を叩きたくなった。

語るに落ちるとは、このことである。

おそらく、ベルガーロフ大公は、クロパトキンを督励《とくれい》し、逆襲に転じさせる使命を帯びて、ツァーリから派遣されてきたのだ。

開戦この方、満洲のロシア軍は敗北と退却を続けている。ツァーリや宮廷の高官たちが、そのふがいなさを嘆き、圧力をかけた結果、クロパトキンは黒溝台で反撃に出てきたのだといわれる。

今の場合も同様で、後退はいいかげんにやめて、攻勢を取れとクロパトキンに強いることが、大公の目的なのだ。

続く大公のせりふで、一心の推測が正しいことが確認された。

「わかるか、私は情報が欲しい。とりわけ、日本軍が限界に達しているという情報が……」

意味深長なことを洩《も》らした大公は、相手の足もとをみて買いたたく商人のような微笑を浮かべた。

「どうかな。私の望む情報を話してくれたら、憲兵隊にかけあって、お前の命を助けてやってもよいぞ」

一心は、悪魔でさえ、もっと誠実なことを言うだろうと思った。

ここで口車に乗って、大公の希望通りのことをしゃべったなら、あとはご用済みとばかりに銃殺されてしまうことだろう。

杭《くい》にくくりつけられて、銃殺隊の前に立たされる気分をもう一度味わうなど、まっぴらだ。

しかし――千載一遇《せんざいいちぐう》のチャンスではあった。

これを逃せば、脱出の機会は、二度とあるまい。

また、仮に生きていられたとしても、戦況を座視して日本軍が敗北してしまったなら、元も子もないのである。

逸《はや》る一心だったが、手立てが思いつかなかった。

少佐の拳銃に、番兵二人の小銃と銃剣。

いくら自分が格闘技の真髄を叩き込まれているとはいえ、丸腰で、武装した三人を相手にするのは、無謀を通り越して無意味というものだ。

だが、あきらめきれない。

どうにか、彼らをやりすごして、ここから逃れられないか……。

「殿下にお答えしろ。嫌だというなら、拷問にかけてやってもよいのだぞ」

一心が黙りこくっているのに焦《じ》れた少佐が、居丈高《いたけだか》に迫る。それを大公が鷹揚《おうよう》なそぶりで制したとき、天啓《てんけい》ともいうべき発想がひらめいた。

いちかばちか、というより、千に一つ、いいや、万に一つほどの見込みしかない案だ。

が、座して死を待つよりは、針の穴を通り抜けるような冒険にかけるのが一心という男の身上《しんしょう》である。

「では、殿下。お耳を」

わざと声を低めて、話しかける。

釣られた大公が顔を寄せたところで、ふいに両手を上げ、その両のこめかみを指先で突く。

相手を暴発させないよう、神経を使った速さでの動作だったが、それでも少佐などは、あやうく拳銃の引き金をひきかけた。

「きさま、うろんな真似《まね》をすると射殺するぞ！」

少佐の怒号を受けながら、一心は後ずさり、両手を上げた。

むろん、害意はないというジェスチュアだけれど、続いて発したせりふは物騒きわまりない。

「撃てるものなら撃ってみればいい。俺を射殺することなど、赤子の手をひねるようなものです。しかし、そんなことをすれば、大公殿下のお命を奪うことになりますぞ」

一心の発言を耳にした少佐は、冷笑を返した。

「どうにもならぬと知って、口から出まかせで虚勢を張っているのか。無駄なことだ」

「無駄かどうかは、私の言葉を聞いてから判断していただこう」

できるだけ、おどろおどろしい表情をつくるように努めながら、一心は大公に何をほどこしたか説明した。

古来、東洋には、西洋近代文明の浅知恵ではかりしれぬ武術が伝えられている。

そのわざの一つに、死兆打《しちょうだ》と呼ばれる、厳しい修行を経たものだけが会得《えとく》できる秘技があるのだ。

これは、人体にいくつもない急所を突くことにより、その場はなんともなくとも、数年の後に死に至らしめるという、魔術とまがうばかりの恐ろしい攻撃である。

たった今、こめかみを打ったのは、まさにその死兆打であり、大公自身は気づかなくとも、致命傷になった。

「三年後か、四年後、はたまた七年後か、それはわかりません。が、身体のいずこかが腐りだし、症状は脳にも及んで、ついには無惨な死を遂げることになります」

もっともらしい顔で、一心は断じた。

いうまでもなく、子供のころに講談で知った荒唐無稽《こうとうむけい》な話を、そのまましゃべったままである。

にもかかわらず、ベルガーロフ大公は、みるみる青ざめていった。

「なんだと……嫌だ！　私は、そんな死に方はしたくないっ」

大公は、見苦しいほどに取り乱す。

対する一心は、高笑いしたくなるのをこらえるのに苦労していた。

思うつぼだ。

西洋人は、合理性や機械文明をひけらかすわりには、神秘的な魔術、いわゆるオカルトと呼ばれるものに弱い。

長いこと欧米で暮らした経験のある一心は、れっきとした政治家が、星占いに頼って決断をする例さえあることを知っていたのだ。

そこから、無理を承知で、この術策をしかけてみたのだが——こんなにうまくゆくとは思わなかった。

大公は、東洋の武術の奥義というでたらめを信じ込んで、すっかり恐慌《きょうこう》を来している。

「殿下、落ち着いてくださいませ。こやつは詐欺師《さぎし》のごとく、ありもしない秘技を語って、おどしをかけているに決まっております」

ペトロフ少佐が顔をしかめながら忠言したけれど、大公は聞く耳を持たない。

「馬鹿もの！　お前は、自分が死ぬわけではないから、そのように能天気《のうてんき》なことをほざくのだ」

御附武官を怒鳴りつけてから、卑屈《ひくつ》なまでの態度で一心に懇願《こんがん》する。

「頼む、助けてくれ。私は死にたくない。明日、手が腐るか、それとも足かなどとおびえながら暮らすなど、とても耐えられない」

「ご安心を、殿下」

一心は、胸のなかでほくそ笑みながらも、うやうやしい口調で応じた。

「東洋の英知は深遠なるもの。信じられないような手段で人間を殺《あや》める方法があれば、それを封じる対策も探り出しております。死兆打も、人体のある部分を突けばその効果を打ち消すことができる。そのやり方も心得ておりますぞ」

「おおっ、ならば早く私を救ってくれ」

眼を輝かせて、すり寄ってきた大公に、一心はかぶりを振ってみせた。

「助けてさしあげないでもありません。が、そのためには」

わざと言葉を切り、大公以下を焦らしてから、厳しい声音で告げた。

「俺の命じることにすべて従っていただきましょう」

3

クロパトキンの司令部がある建物は、さすがに警戒厳重だった。

入り口はもちろん、周囲にも歩哨《ほしょう》が立ち、不審な人物があらば、たちどころに刺し殺してやるとばかりに銃剣を光らせている。

にもかかわらず——捕虜収容所ではなく、憲兵隊の本部であったらしい洋館、その地下監房から出た一心は、いっさいとがめられることなく、屋内に入った。

ベルガーロフ大公の威光と、ロシア軍の少佐の軍服のおかげである。

そう、一心は、大公とペトロフ、二人の番兵に、監房で起こったことは黙っているように命じたあとで、少佐と衣服を交換していたのだ。

むろん、御附武官に化けることが目的である。

以前も、この種の偽装を使った経験があるが、多民族国家であるロシアの軍隊にあってはかなり効果がある。

なにぶん、アジア系の臣民も多数徴兵したり、軍の将校下士官に採用したりしているから、必ずしも白人ばかりというわけではないのだ。

もっとも、大公の御附武官となると、アジア系の将校が採用されるかどうか、かなり疑問ではあるけれど、ご当人のベルガーロフにぴたりとついて、しかも少佐の軍服を着ているとあっては、クロパトキン司令部を警戒する憲兵たちも、つべこべ言うわけにはいかなかった。

この場合、一心が日本人としては体格のいいほうで、白人であるペトロフ少佐の軍服を拝借、着用してもそうおかしくなかったことが幸いしている。

旅塵《りょじん》に汚れた一心の服を着せられ、情けない顔になった少佐の姿がふと頭に浮かび、失笑しそうになるのをこらえた。

今、ペトロフは、一心の代わりに憲兵隊の地下監房に閉じ込められ、例の二人の番兵が誰も近づかないように警護している。

あたかも一心がまだ囚《とら》われの身でいるかのようによそおうためだ。

少佐も番兵たちも、なんと馬鹿馬鹿しい芝居をするはめになったことかと、内心で嘆いているにちがいない。が、半狂乱になった大公殿下に「私の生命がかかっているのだ。この日本人の言いつけ通りにせよ」と怒鳴りつけられては、渋々ながらでも従うほかなかった。

たしかに、ベルガーロフ大公にとっては悲劇であるだろうけれど、ほかの人間にとっては喜劇でしかない一幕で、考えるたびに可笑《おか》しくなってくる。

だが——。

廊下の向こうに、左右両側に衛兵が立っている立派な樫《かし》の扉が見えてくると、一心の表情はおのずからひきしまった。

ロシア軍の心臓部に敵である一心を招じ入れるのはさすがにまずいとでも思ったのか、一歩前をゆく大公の足取りが鈍くなるのを、片手に提げた兼定の柄《つか》を鳴らして、それとなく威嚇《いかく》した。

番兵を走らせて、取り戻した愛刀だ。

ロシア将校の持ちものとしては奇異な感があるはずだが、日本軍から得た戦利品だとでも思われているのか、何も言われない。

これもまた、専制と役人根性の弊害《へいがい》であろう。

日本刀を持った東洋人がクロパトキン司令部に入ってきたというのに、大公の御附武官という触れ込みが隠れみのになって、誰もとがめだてできないのだ。

衛兵が大公に敬礼する。

答礼を受けるや、左右からさっと扉が開かれた。

心臓の鼓動が速くなるのを強いて抑えながら、大公のあとについて入室した。

大きな机のまわりに、上着に付けた勲章で綺羅《きら》を競う高位の軍人たちが座っている。

彼らがいっせいに立ち上がり、姿勢を正して大公に敬礼した。

みな勲章や金筋の参謀飾緒《さんぼうしょくちょ》を付けている。ほとんどが将官で、いちばん階級が低いものでも大佐だった。

その中央に、口ひげとあごひげを綺麗《きれい》に切りそろえた軍人がいる。

聡明そうな広い額《ひたい》が目立つその顔は、一心が繰り返し写真を見て、頭に叩き込んできたものだった。

アレクセイ・ニコラエヴィッチ・クロパトキン。

満洲に展開した三十万に近いロシア軍の総司令官である。

「大公殿下、ようこそ、わが司令部へ」

「歓迎に感謝する、大将。とはいえ」

クロパトキンが礼儀正しく挨拶《あいさつ》したのに対し、ベルガーロフ大公はそっけなく応じた。

「私は、皇帝陛下の特命を受けて、派遣されたことをお忘れなきよう」

「いうまでもありません。陛下のご意向は、よく承知しているつもりであります」

大将も、冷ややかな口調になっていた。

ベルガーロフに席を勧め、他のものも着席させる。

ただし、一心は御附武官にすぎないから、大公の後ろで背筋を伸ばして立っていた。

しかし……ことは、いよいよ切所《せっしょ》にさしかかってきた。

わくわくするような気分であった。

先ほどの監房での発言や今のクロパトキンとのやり取りを聞くと、大公は、退却をやめさせて、攻撃に移らせろとツァーリに厳命されてきたようだ。

言い換えれば、それを達成しなければ、譴責《けんせき》されることになる。

だからこそ、何としてもクロパトキンの尻を叩くのに必要な情報を得ようと、自ら、一心の監房を訪ねてきたのであろう。普通ならば、憲兵隊の取調室に自分を呼びつけるはずだ。

もっとも、その功名心が裏目に出て、こうして一心にあやつられるはめになったわけであるが。

それはともかくとして、大公から聞き出したところによると今から作戦会議がはじまるという。

戦闘は、かなり膠着《こうちゃく》した状況にあるから、おそらく退却か反撃かという重要な問題が討議される。

そのとき、ツァーリの名を引き合いに出して大公が攻撃を主張すれば、クロパトキンも態度を鮮明にしないわけにはいかない。

すなわち――一心の眼の前で、ロシア軍の方針が確定することになるのだ。

一心は、期待が顔に出ないよう、けんめいにポーカーフェイスをつくりながら、眼だけを動かし、クロパトキン以下のロシア軍首脳部が囲んでいるテーブルの上を見た。

載っているのは、奉天周辺の軍用地図である。

赤と青で、さまざまな記号が書き込まれていた。

素人《しろうと》には何のことか、まったくわからないだろうが、それぞれが彼我《ひが》の部隊や陣地の位置を表しているのだ。

元陸軍中尉で、また間諜として最新の軍事知識を吸収するのをおこたらないようにしている一心にとっては、現在の戦況を知るための何よりの手立てだった。

日本軍右翼の鴨緑江軍と第一軍は拒止《きょし》されているものの、中央の第二軍は大きく前進し、突出したかたちになっている。

一方、左翼の乃木第三軍は奉天西方の田義屯《でんぎとん》や大石橋《だいせききょう》を占領し、鉄嶺に向かう線路に迫ろうとしているのを、ロシア軍がからくも防いでいた。

つまり、奉天・鉄嶺間の鉄道という生命線を死守せんとするロシア軍を、日本軍が、南、そして東西から押しているのだ。

「日本軍は猛攻を繰り返しており、わが前線は危うくなっております。このままの状態で維持するのは困難でしょう」

クロパトキンにうながされ、中将の階級章を付けた男が説明をはじめた。ロシア軍の総参謀長は、サハロフという将軍だという情報を得ているが、そのひとにちがいない。

サハロフ総参謀長は、麾下の諸師団の損害などを要領よく説明した。

「とにかく、この突き出たかたちの戦線を守るには、多数の兵力が必要です。ここは思いきって……」

何か、意見を言おうとしたけれど、ちらりと大公のほうを見やって、途中でやめた。

攻撃論者であることが明白なベルガーロフをはばかったのだろう。

クロパトキンは、口を閉じたままだった。

ついで、作戦参謀や兵站《へいたん》参謀に発言させる。

いずれも、現在の陣地を固守するのは無理がある。ここは、張りだした戦区にある部隊を退却させ、防衛線を短縮すべきだという意見だった。

「いかん。絶対にいかんぞ！」

ふいに、大公が声を張り上げた。

「皇帝陛下は攻撃し、日本軍を撃退することをお望みである」

東洋の秘術をしかけられたと宣告された際のうろたえようが嘘《うそ》のように、口調に迫力があった。

あるいは、すぐに死ぬわけではないと思い直し、まずは眼の前にある手柄をつかむことだと考えたのかもしれない。

「鉄道線が脅威にさらされているというなら、逆襲し、追い払えばいい。貴官は、それだけの兵力を与えられているはずだ」

ベルガーロフ大公は、クロパトキンを正面から見据えて、問い詰めた。

「反撃し、日本人を朝鮮まで押し戻して海に落とすべし」

勇猛な、しかし、どこか空虚な響きを帯びた表現であった。

真にロシア帝国の未来を思ってというよりも、ツァーリの意にかなう決定を引き出し、その歓心を得ようとする功名心が先に立っているからであろう。

そんな感想を抱いた一心をよそに、大公が、身を乗り出して決断を迫る。

「今こそ、双頭の鷲《わし》の軍旗を東京にはためかせるときが来たのですぞ！」

大仰なせりふに、クロパトキンは眉を寄せた。

片手をあげて、相手を制する。

「日本軍を撃滅したい。それは小官も同様です。が、われわれは無理をする必要はない。黙っていても、シベリア鉄道で、増援部隊と軍需物資が続々と送り込まれてくるからです」

ロシア陸軍きっての秀才とうたわれた将軍らしく、ベルガーロフに理路整然と解説した。

「従って、このいくさで日本軍を消耗させたのち、北方の鉄嶺までしりぞいて、力をたくわえた上で攻勢に出れば、勝利は確実。必ずしも奉天で決着をつけなくともよい……わけではありますが」

思わせぶりに言葉を結ぶと、そのまま腕を組んで、瞑目《めいもく》する。

静寂が、室内を支配した。

失態続きであるとはいえ、さすがに三十万のロシア軍を任される将帥《しょうすい》だけのことはある。

そうして沈思黙考しているさまは、威厳にみちみちており、参謀長以下の部下たちはもちろん、独立した立場にいるベルガーロフ大公さえも声をかけられず、ただ決断を待っているしかなかった。

実際には、どれぐらいの時間だったろうか。

空気が固体と化したかと錯覚してしまうような、長く、重苦しいひとときだった。

だが……ついに、クロパトキンは眼を開いた。

「諸君、皇帝陛下の軍隊を預かる司令官として、私は決断する」

みなが息を呑《の》んで聞き入るなか、低い声で結論が告げられた。

「全軍撤退。戦線を整理し、ひとまず奉天を守る。が、もし状況が切迫したら、鉄嶺まで後退し、そこで戦力の回復をはかるのだ」

誰かが、ほうっとため息をついた。

何人かが、それに続く。

御附武官を演じている以上、そうするわけにはいかなかったけれど、一心も同様に嘆息したい気分だった。

満洲軍総司令官大山巌大将が「日露戦争の関ヶ原」と定めた戦いで、とうとうクロパトキンが闘志を失い、退却を決めたのである。

軍事の論理からすれば、その決定は、いちがいに間違いであるとはいえない。

たった今、クロパトキン自身が説明したように、ロシア軍の回復力は日本軍よりもはるかに優《まさ》っている。

鉄嶺に下がり戦力を充実させてから、追撃してくる日本軍を攻撃すれば、鶏を割くのに牛刀を用いるようなものだ。

補給線が延びきった満洲軍は、たちまち粉砕されてしまうにちがいない。

しかし、それは理屈にすぎなかった。

現実の戦争では、思いもよらぬ事態が生じる。

たとえば、まさにロシア軍が後退を開始した際、軍隊がもっとも脆弱《ぜいじゃく》になるときを見定めて、日本軍が全力で攻撃したらどうであろう。

ロシア軍が混乱し、潰走《かいそう》する可能性はないとはかぎらない……いいや、おおいにある。

だが、それを実現し得るかどうかは、この志村一心が、クロパトキンの退却決意を日本軍に伝えられるかどうかにかかっている。

われしらずのうちに、一心の身体は震えていた。

第五章　堕《お》ちよ一心

1

クロパトキンは、表情を消したまま、散会を命じた。ただ、大公には、「ブランデーでも、ご一緒にいかがか」と声をかける。

ツァーリの希望に反した決断を下したことを、その代理ともいうべき人物に釈明するつもりなのか。

だが、言われたベルガーロフ大公は、にべもなく断った。

一刻も早く行動に出たい一心に目配せされたせいもあるだろう。けれども、大公自身、日本軍攻撃をうながして、おのが手柄にするつもりだったのをふいにされたため、立腹しているのかもしれない。

大公と一心は、作戦会議が行われた部屋を出て、大股に歩んでいった。

「どうするつもりだ？」

小声で大公が尋ねてきたのに、一心はいっさい答えない。

教える必要がないことは黙っているというのは、間諜《かんちょう》の鉄則である。

それに、やるべきことはわかっていた。

このクロパトキン司令部をはじめとする、ロシア軍重要施設の配置は、ペトロフ少佐から奪った地図で頭に叩《たた》き込んである。

まずは、憲兵隊司令部裏手の建物に行く。

そこが、Sの居館になっているということは、憲兵隊司令部にやってくる際に、何頭もの犬を飼っているところを見たというペトロフと大公の証言から、容易に推測できた。

司令部の外に出るや、ロシア兵が馬を二頭牽《ひ》いてくる。

一頭は大公の持ち馬だが、もう一頭はなつかしい早波である。

奉天まで連れてこられたのちに、ロシア軍に戦利品として没収されたのを、大公に命じさせ、厩《うまや》から出させてきたのだ。

十中八九、困難きわまりない脱出行になるだろうから、ロシア軍の馬を奪うよりも、今回の往路でなじんだ早波のほうが頼りになるだろう。

そう考えて、ひと手間よけいにかけた一心だったけれど、早波も、あるじの顔を覚えていたのか、鞍《くら》にまたがるなり嬉《うれ》しげにいないた。

一心の先導により、二騎は奉天の市街を走りだす。

西洋風の通りが美しかったものの、今の一心には、それを嘆賞している余裕などない。

途中、人通りが絶えたあたりで、大公が、早く秘術を解いてくれ、お前の望みはかなったろうと泣きついてきたのを、おとなしく俺のいうことに従わないと手当てをしてやらないぞと凄《すご》んで、黙らせた。

あとは無言のまま、ひと気のない裏通りを進むようにして、憲兵隊司令部の裏手に出る。

Sの趣味らしい、小体《こてい》だが瀟洒《しょうしゃ》な家だった。

その正門前を通り過ぎ、生け垣に沿って裏庭にまわりこむ。

通用門に立っていた歩哨《ほしょう》が、いかにもお偉方《えらがた》という風体《ふうてい》の大公を見て、眼《め》を丸くしながらも敬礼するのをしりめに、裏庭に入っていく。

向かって左に、犬舎があるのがわかった。

馬を下りた一心は、大公を引っ張るようにしてそちらに向かう。

木製の扉を開けるなり、危急のときながら口笛を吹きたくなった。

並んだ檻《おり》のなかに、何頭もの犬が収まっている。

ドーベルマン、ブルドッグ、ダックスフント……。

日本の秋田犬《あきたいぬ》までいた。

Sが伝書役に使える賢い犬を選んでいるうちに、世界の代表的な種類がそろったのであろう。

いわば、よりどりみどりといったところだが、一心は迷わずその一隅に進む。

見覚えのあるジャーマン・シェパード。

奉天と遼陽の連絡に使われて、一心もよく知っているハインツであった。

「助けてもらうぞ、お前にな」

檻に近寄って声をかけると、ハインツは、なんだ、日本の小僧かとでもいうふうに、かすかに唸《うな》った。

それにしても、たいした訓練ぶりである。

普通、主人以外の人間が入ってくれば、一頭ぐらいは吠《ほ》えだしそうなものなのに、どの犬もじっとしている。

裏切られた相手であるとはいえ、やはりSは傑出した人物であるとの苦い感想を抱きながら、一心は手帳を取りだした。

ペトロフ少佐から得た上着に入っていたもので、そこに書かれていること自体、貴重な軍事情報だろうが、今はそれに構っていられない。

終わりのほうの白いページを破くと、一心は鉛筆で通信文を書き込んだ。

満洲軍司令部が使っている呂式《ろしき》暗号を使って、クロパトキンの決断を児玉総参謀長に伝えるのである。

「三月六日、ロシア軍は退却命令を下せり。機を逸せず、総追撃に移られたし」となぐり書きしたところで、「日本軍に知らせるのか」と、大公がおろおろとしたようすで聞いてくる。

「当然です」

手短かに答えた一心に、ベルガーロフは言いつのってきた。

「そんなことをすれば、ロシア軍は潰滅しかねないが……ええい、かまわん！」

恥も外聞《がいぶん》もないとばかりに、大公は一心に迫り、涙を浮かべて懇願した。

「すべて、お前の命じた通りにしたではないか。頼むから、秘術を解いてくれ。私を死なせないでおくれ」

一心は、軽蔑《けいべつ》を覚えた。

大公殿下にして陸軍中将ともあろう人物が、あまりにも見苦しいではないか。

顔をしかめたところで、すぐに思い直した。

彼ら白人には、アジアやアフリカを侵略し、その民に塗炭《とたん》の苦しみを舐《な》めさせたがゆえの後ろめたさがあるのかもしれない。

普段は意識の下に押し込めているその罪悪感が、東洋の秘術といったたわごとに対する過剰な反応を引き出すのだろう。

今のベルガーロフのおびえようは、そうとでも考えなければ説明がつかない。

哀れをもよおした一心は、大公を手招きした。

「わかりました、殿下。どうぞ、もう少しお寄りください」

「おおっ、助けてくれるのか」

嬉々《きき》としてすり寄ってきた大公の耳元に、ささやきかける。

「俺は、殿下におわびしなければなりません。死兆打という東洋の秘術の話……あれはすべて嘘だったのです」

聞かされた大公は、きょとんとしていた。

今の今まで信じ込んでいた魔法のようなわざなど存在しないと告げられても、にわかには理解できなかったのであろう。

だが、一瞬のちには、みるみる顔が真っ赤になる。

「何、なんだと……」

怒号しかけた大公の首筋に、すかさず兼定の柄《つか》を叩きつけた。

相手はたまらず、その場にくずおれる。

「ご無礼」

一言呟いた一心は、何事かと檻《おり》の柵のあいだから首を出してきたハインツをつかまえ、首輪に暗号文を仕舞い込む。

「これでよし。さあ、遼陽までひとっ走り頼むよ。いや、日本軍の前線まででいい。そこまで駆ければ、誰かが見つけてくれるだろう」

ハインツに話しかけながら、一心は扉にかかったかんぬきを外そうとする。

そのとき、背後数メートルから何者かが声をかけてきた。

「やはり、監房でおとなしくしているような男ではなかったな」

振り向いて、たしかめるまでもない。耳になじんだ響きであった。

2

「妙な真似《まね》はやめてもらおう。そのまま、ゆっくりとこちらを向きたまえ」

言われた通りに、一心は回れ右をした。

犬舎の入り口に、拳銃を構えたSが立っている。

剃《そ》り上げた坊主頭にモノクル、傲岸《ごうがん》な表情。

小面憎《こづらにく》いことに、かつて自分が手を取って間諜の基本を教え込んだ一心と敵味方に分かれたことに対する感傷など、みじんも伝わってこなかった。

「どうして、俺がここに来るとわかったのです？」

こらえようとしてもわきあがってくる動揺の念を強いて押し殺し、平静をよそおった口調で尋ねる。

Sは、軽く首を振った。

「いかにスパイは行動するか、私自身が教え込んだのだ。その君が、黙って監獄に座り込んでいるはずもない。番兵を倒して、通信を託せる犬のところにやってくる可能性が高いと踏んでいた」

説明を加えたSは、モノクルを光らせて、だらしなく気絶している大公を見やる。おそろしく冷たい表情だった。

「お偉方というと、なすべき警戒も解いてしまうのが、ロシア人……いいや、官僚国家の人間の欠点だな。こやつのおかげで番狂わせが生じた」

吐き捨てるように言うと、Sは拳銃を構え直した。

御附武官に化けて、クロパトキンの作戦会議の内容を聞き出したのか、などという問いかけはしない。

聞かずとも、一心がロシア軍少佐の軍服を着ていることから、Sには察しがついているのだ。

加えて、クロパトキンの退却決意を確認したのかなどと質問する必要もない。

いうまでもなく、日本軍に通報するいとまを与えず、そくざに一心を射殺してしまうつもりだからである。

だとしても——。

一心は、底知れぬ絶望を覚えながら、Sに問おうとしかけた。

弟子を裏切りあげくのはてに殺してしまうことに、良心の呵責《かしやく》を感じないのか、と。

だが、途中で言葉を呑《の》み込んでしまった。

必要とあらば、兄が弟を撃ち、親が子を斬る。

昨日友であったものを、今日は敵として討つ。

それがスパイのおきてだ。

……まさに今、眼前で拳銃を構えているSが教えてくれたことだった。

もはや、一心も覚悟を決めるほかない。

師たるSと対決するのは、旧旗本の家に生まれ、侍《さむらい》の道徳を骨の髄まで叩き込まれている自分にとって、許されざる罪である。

師弟のきずなを断つのを厭《いと》うて腹を切るか、いっそ無抵抗でSに撃たれるのが、武士たるものが本来取るべき道であろう。

けれど、今の一心は武士ではない。

スパイである。

日本国の未来がかかった情報を獲得した間諜なのだ。

ならば、おのが意気地《いきじ》を通すような身勝手は許されぬ。

いかにつらかろうと、どんなに没義道《もぎどう》であろうとも、Sを斃《たお》し、ロシア軍退却決定の報を児玉総参謀長のもとにもたらさなければならないのだ。

一心はすっと眼を細め、軽く腰を落とした。

兼定の鯉口《こいぐち》を切る。

殺気を感じたのか、Sが拳銃を構えた左手を、すっと伸ばす。

微妙な距離である。

踏み込みながら抜き打ちをかけても、Sに届くかどうか。

逆に、卓越した射撃の腕前を持つSでも、確実に一心をしとめられるとは言い切れない。

小銃でも持ち込んでいるのならともかく、現在の拳銃の射撃精度は、その程度のものだ。

ただし、Sの武器は拳銃だけではない。

その右の義手がいわば鞘《さや》になっていて、なかに短刀が仕込まれているのを、一心は知っていた。つまり、二段構えの攻撃に備えなければならないのである。

一心は静かに呼吸し、気息《きそく》をととのえながら、待った。

拳銃を構えたSの左手に力がこもり、わずかに動くのを……。

一つ、二つ。

息を吸うごとに、胸のなかで数える。

三つ、四つ、五つ……。

七つめに、それはやってきた。

かすかではあったが、引き金にかけたSの指が白くなるのを認めるや、一心は跳んだ。

裂帛《れっぱく》の気合いとともに、一気に間合いを詰める。

銃口が火を噴き、耳をつんざく轟音《ごうおん》が響く。

一瞬、自分に弾丸が向かってくるさまが見えたような気がした。

錯覚だったかもしれないが、無意識のうちに身体《からだ》をひねる。

衝撃波が、左上の空間を通り抜けていった。

だが、そんなことは構わず、Sの左手めがけて下から兼定の切っ先を放つ。

Sの手首のあたりに、銀色の光がひらめいた。

しかし、Sもさるもので、とっさに身を引いてかわそうとした。が、剣の勢いに負けて拳銃を取り落とす。

けれども、一心は拳銃を無力化することだけを狙っていたのではなかった。

電光石火の速さで刃を返し、Sの右手に振り下ろす。

ふところに入られて、義手に仕込んだ短刀の刺突を喰《く》らわされるのを封じる措置である。

Sは逆らわず、兼定の一撃を義手で受けながら、後ろに跳んだ。

猛撃を受けた義手に深い傷がつき、ささくれだったのを、一心は見逃していない。

これで大丈夫だ。

拳銃を失ったSに峰打ちを加え、昏倒《こんとう》させて、この場を逃れられよう。

師を討たずにすむ嬉しさがこみあげてくるのを抑えながら、兼定を構え直し——がくぜんとする。

眼の前二メートルほどのところで、Sが右の義手を外し、手首を突きつけてきたのだ。

だが、そこに仕込まれていたのは、短刀ではなく拳銃だった。普通の拳銃なら握りにあたる部分が手首に固定されているのである。

「いつまでも、同じ武器を隠していると思ったか、イッシン？　それが君の命取りだ」

左手を、義手のなかに秘めていた拳銃の引き金にかけた。

この距離では、万に一つのはずれもない。

撃ち殺されて……終わりか？

そう思ったところまでは認識している。

が、つぎの瞬間に起こったことは、無我夢中になった一心には正確に把握できなかった。

ほとんど反射的に刀を払い、それと同時に、雷鳴のごとき音が響いたことは覚えている。

ただ、Sと交差し、その後ろに駆け抜けたところで振り向くと、意外な光景が現出していた。

Sが、こちらに背を向けたまま、うつむいている。

戦う構えを解いた体勢だ。

そのまま――どうと、うつぶせに倒れ伏した。

どうなったのか。

なぜ、自分は銃弾に撃ち抜かれず、無傷でいるのか？

答えは、すぐにわかった。

倒れたSの右手から突き出た拳銃の銃身が、花弁《かべん》のように開いたかたちに裂けていたのである。

暴発したのだ。

兼定の一撃を受けたときに、その衝撃で義手内部の拳銃にゆがみが生じた。それに気づかず、Sが引き金をひいたので、銃弾が銃身内を通りきらず、筒内《とうない》爆発を起こしたのであろう。

まったくの僥倖《ぎょうこう》であったが、これがあったために、一方的に斬撃《ざんげき》をかけることができたとみえる。

だが、勝利の高揚は少しも感じない。

むしろ、胸のうちに、苦いものが広がっていく。

俺は、師を討ったのだ。

この手で……この兼定で！

叫びだしたくなるような、狂おしい思いにかられたものの、一心には時間がない。

ロシア軍撤退を適時に知らせなければ、日本軍も追撃の時機を逸し、せっかくの情報が無駄になってしまう。

一心は、Sのために少しだけ黙禱《もくとう》してから、ハインツの檻の前に走った。

忠実なるジャーマン・シェパードは、主人の死をさとったか、低い唸りをあげている。が、訓練に訓練を重ねたハインツのこと、いったん檻から出れば、遼陽めがけてまっしぐらに走っていくに決まっている。

その期待は裏切られなかった。

扉のかんぬきを上げるや、一心の脇をすりぬけるようにして、ハインツは跳びだし、犬舎の外に突進する。

「よし、頼むぞ！」

声をかけてやりながら、一心もシェパードのあとを追った。

途中でハインツに万一のことがあった場合に備えて、自分も別経路で戦線を突破し、日本軍のもとにたどりつくつもりである。

たとえ、策をほどこしても、安心するな。

目的を達するためには、一つではなく、二重三重に手を打っておけ。

表に跳びだしながら、一心は、スパイの原則の一つを反芻《はんすう》していた。それもSに教えられたことだと思うと、ほろ苦い感情が胸をよぎる。

しかし——間諜としては不必要なことに心を動かしていられる余裕は、すぐに消えた。

拳銃のものとはあきらかに異なる、モシン・ナガン小銃の重い銃声がとどろいたのだ。

とたんにハインツの疾走が止まり、その身体が真横にはじかれる。

地面に倒れた哀れなシェパードは、しばらく四肢《しし》を震わせていたが、やがて動かなくなった。

何者か⁉

一心は、銃声がした方向に、きつい視線を投げた。

予想通りの人物が、裏庭の入り口に立っている。

丸い黒めがねをかけた怪老人。

そして、まだ銃口から硝煙をたなびかせているモシン・ナガン小銃を構えた諏訪雷四郎であった。

3

「なかなか、みごとな手並みじゃないか。誰が考えても絶体絶命の状況を逃れたばかりか、欲しい情報までも確保するとはね」

ゆっくりと歩み寄りながら、怪老人が話しかけてきた。

ついで、わざとらしいしぐさで拍手してくる。一心の神経を逆撫《さかな》でするやりようだった。

一方、諏訪雷四郎は何も言わない。こちらの心身の状態をすべて見通すような、気味の悪い視線を注いでくるばかりである。

一心としては、いつでも兼定を抜けるようにして、備えているほかない。

――十メートルほどに距離を縮めたところで、怪老人と雷四郎は立ち止まった。

ややあって、ロシア軍の兵隊が二人、裏門のあたりから追いかけてくる。あの、憲兵隊司令部の番兵だ。

これでわかった。

ようすを見にきた怪老人と雷四郎は、一心がなお監房にいるかのごとく番兵がよそおっているのを見破り、ペトロフ少佐が虜囚《りょしゅう》と入れ替わっているのを知ったのである。

となれば、怪老人や雷四郎には、何が起こっているのかを推測することなど、ごくたやすい。

先ほどのSと同じく、ロシア軍の退却方針を知った一心が、犬を使った通報を試みると踏んで、ここに急行してきたのであろう。

ひょっとしたら、図々しくも大公殿下の御附武官になりすまして、作戦会議に同席したことまでもわかっているのかもしれない。

「御老人、見ての通りです」

やってきた番兵の一人にモシン・ナガン小銃を返しながら、雷四郎が日本語で、怪老人に言った。

「こやつ、Sを斃したとみえます。でなければ、ここには出てこられぬはず」

雷四郎の指摘に、怪老人は満面の笑みを浮かべた。

普通ならば明るい表情のはずだが、この場合はひどく悪辣《あくらつ》な何かを感じさせる。

「よいな。実によい」

こらえかねたのか、怪老人は、とうとう笑声をあげた。

「Sは、なかなかの腕前の持ち主だ。それを殺しただけでも、見上げたものだが……」

なお含み笑いを交えながら、一心に視線を据え、やおら黒めがねをはずす。

悪魔的な、黄金色の瞳があらわになった。

「弟子が、自らの師を亡きものにしたというのが素晴らしい。十年ほど前に、Sを日本政府に食い込ませ、新人スパイの教官役にさせたときには、こういう使い方をすることになろうとは、予想だにしなかった。長生きはするものだな」

怪老人が愉快そうに発した言葉に、一心は衝撃を覚えた。

今のせりふが本当なら——ベルリンで出会ったときから、Sは怪老人の意を受けて行動していたことになる。

すると、日本政府の依頼を受けて自分の教育にあたったのも表向きのことにすぎず、実は別の思惑《おもわく》があったのか。

いいや、嘘だ。

動揺させて、隙を突くための怪老人の術策に決まっている。

声に出さずに、相手の発言を否定した一心だったけれど、それも空《むな》しかった。

「そうとも、志村一心」

顔をそむけるなと言わんばかりの重々しい口調で、怪老人は話を続けた。

「私は、列強の諜報機関に腹心の部下を潜入させている。情報を武器として、世界を思うがままにあやつるためにな」

信じたくない言葉が連発された。

ロシアの番兵などに聞かせてはならぬ内容のはずであるが、日本語を使っているため、一言もわかりはしないと安心しているのだろう。

あるいは、すべてが片付いたのちに、番兵二人を始末してしまう気なのかもしれない。

「Sも、その一人だった」

黄金色の眼を光らせ、一心の反応をうかがいながら、怪老人がうそぶく。

「お前をどん底に叩き込み、わが配下に引きこむ上でも、それが効いた」

配下に、という勝手な言い分を耳にして、一心は思わず声を荒らげた。

「何をほざくか！」

あり得ないことだ。

こんな悪党の手下になるなど、絶対にごめんである。

だが——。

今の発言からすると、怪老人は、Sと自分が対決にいたることまでも予測していたと思われる。

そこまで……そのような罠《わな》までしかけられるほど、この黄金色の瞳の老人は策略に長《た》けているのか？

抵抗を続ける自信がゆらいできた一心に、怪老人がたたみかける。

「今さら、ひとのふりをしても、もう遅い。論より証拠、お前は大恩あるSを斬り、おのれが外《げ》道《どう》であることを示したではないか」

一心は絶句した。

乾いていない傷に塩をすりこまれる思いがする。

「それこそが間諜の本領。情けや友愛は邪魔、愛国心とやらも無用。自らがあやつるままに他人が動く。父が子を殺し、妻が夫を刺し、友は裏切り合う。戦争を起こすのも、虐殺をさせるのも思いのまま。そうして世界を自由自在に動かす快感こそが、間諜たるものの目指すところだ」

うろたえる一心をよそに、怪老人は容赦なくまくしたてた。

とうてい許しがたい主張である。

しかし、黒い魅力を有していることは否定できない。

人間という獣が持っている、どうしようもない支配欲は、一心のなかにもひそかに息づいている。

怪老人の言葉は、Sを殺《あや》めたがゆえに混乱する一心から、その暗黒面をひきだす効果を及ぼしていた。

「堕《お》ちよ、一心。堕ちていくがいい。そして、闇の王者の道を突き進むのだ」

呪文めいた誘いが、いよいよ一心を惑わそうとする。

だが——唐突に、雷四郎が怪老人をさえぎった。

「御老人。いささか先走りすぎているようだ」

冷え冷えとした笑みをひらめかせつつ、怪老人をいさめた。

「こやつを部下にしたいというお気持は承知した。しかし、俺との約束もあるはずだ」

雷四郎は、ベルトに差していた日本刀の柄を叩いた。無銘《むめい》だが、よく切れる刀を選んで、常用する男なのである。

「日露の大戦をロシア軍の勝利に終わらせるまで、手を出してはならぬとの言いつけでしたな? が、ここで逃がしてしまえば、日本軍に情報が渡り、御老人の思惑が狂う」

雷四郎は、薄い唇を舐めた。襲撃にかかる直前の狼《おおかみ》を連想させる表情だ。

「すなわち、御老人の計画と、志村一心を斬りたいという俺の望みが一致した。そう考えてよろしいでしょうな」

怪老人は答えない。

ただ、嬉しげに破顔すると一歩下がった。

むろん、殺し合え、という意味であろう。

奇怪な誘惑に抗するのに精一杯だった一心も、われに返った。

落ち着け。

俺は日本国の間諜で、何としてもこの切所をくぐりぬけて、使命を果たさなければならないのだ。

一心は再び兼定を抜き、正眼に構えた。

が、怪老人の毒にあてられたのか、どうにも惚《ほう》けたようで、われながら気力に欠ける。

雷四郎はそんな一心を見て、不満げに眉を寄せた。

「据え物切りのようなことになってはつまらん。もっとも……」

すらりと剣を抜いた。

やはり正眼に構えたその姿から、妖気と形容したくなるような、禍々《まがまが》しい波動が発せられる。

「この俺を相手にして、いつまでも腑《ふ》抜けたさまでいられるものか」

雷四郎のせりふに、一心も冷水を浴びせられかけたかのごとき悪寒《おかん》を覚えた。

たしかに、全力をつくしても勝てるかどうか。

諏訪雷四郎は、それほどの技倆《ぎりょう》を持つ剣士であった。

何度か戦った経験から、相手が旧会津《あいづ》藩の御留流《おとめりゅう》であった溝口《みぞぐち》派一刀流を使うことはわかっている。

それも免許皆伝《めんきょかいでん》、門外不出の「秘太刀《ひだち》」と呼ばれる七つのわざを口伝されるほどの腕前だ。

この秘太刀七つのうち、四つまでは、一心自身が体験している。

右転下反斬之秘太刀《うてんげはんざんのひだち》。

万里一天飛龍秘太刀《ばんりいってんひりゅうのひだち》。

地這毒牙秘太刀《じばいどくがのひだち》。

隻手鋭剣 雷之秘太刀《せきしゅえいけんいかずちのひだち》。

いずれも、よくぞ防げたものだと震えあがるほどの秘剣であった。

おそらく、これからの戦いで、雷四郎は残り三つの秘太刀のいずれかを用いてくるであろう。いうまでもなく、一心がすでに知っているわざでは奇襲にならないし、逆に剣筋を読まれる危険があるからだ。

そうとわかっていても、対抗できるか……心もとない。

不安を感じながらも、一心は精神を集中した。

手足の先まで電流が走り、姿勢が定まるのを感じる。

そのさまを見た雷四郎は、満足げな笑いをひらめかすと、一心に語りかけてきた。

「少しは、やる気になったか？　嬉しいぞ」

「何、嬉しいだと？」

「そうとも。これ以上はないというわざを使わせ、なお、それを打ち破る。しかるのちに絶望した敵をなぶり殺すのが、俺の流儀でな」

雷四郎は、不遜《ふそん》なせりふを洩らした。が、彼の恐るべき力量を考えれば、けっして大言壮語ではない。

一心は、口をつぐんだ。

そのまま相手の一挙手一投足を注視する。

いつもの一心なら、大上段に構え自分から撃ちかかるところだ。

けれども、Sのことがわだかまっているせいか、そんなことではいけないと思っていても、気力を絞れない。

この一心の迷いを見抜いたか。

雷四郎は、つまらなそうに舌打ちすると、無造作《むぞうさ》に間合いを詰めてきた。

あと、ほんの少しでも近寄れば、剣を交わさずにはいられない。

一触即発の距離で、雷四郎は止まった。

一心は眼を瞠《みは》る。

じわじわと剣を掲げていった雷四郎が、極端なほどの上段の構えを取ったのだ。

握った剣の柄頭が、その頭上で光っているのが見えるほどである。

本来ならば、一心が得意とするような、大胆な構えだった。

お株を奪われたかたちとなった一心は、ほんの刹那《せつな》のことではあるけれど当惑し、剣気を鈍らせてしまう。

その隙を見逃す雷四郎ではなかった。

――嵐が吹く！

4

かまいたちのごとき鋭い風が、一心の左肩に迫ってくる。

反射神経、というよりも、生存本能がはたらいて、無我夢中で後方に跳びのいた。

その鼻先で、雷四郎の剣が、ぶんと唸る。

眼には見えないけれど、空気に大きな傷あとが残ったようにさえ感じられた。

右上段から下ろしてきた斬撃。

ただし、すさまじい速さの一撃だ。

しかも、ただの一度では終わらぬ。

雷四郎め、いつの間にか、二刀流を会得していたのか。

大小の刀で同時にしかけてきたか⁉

そんな錯覚をおぼえるほどの速さで、二の太刀が、今度は右側に放たれたのである。

逃げられない。

下手に動けば、刃に捉えられる。

とっさにそう判断して、自分もまた左から、折れよとばかりに、渾身《こんしん》の力をこめた払いを返す。

鋼《はがね》が打ち合わされ、火花が散った。

その高い響きがいまだ鳴っているうちに、雷四郎は下がっていた。

再び、上段の構えを取っている。

「斬馬斬人鉄斧秘太刀《ざんばざんじんてつぶのひだち》」

息も切らさぬまま、雷四郎が秘技の名を呟いた。

左右から眼にもとまらぬ勢いで、二段の斬撃を放ってきたのだ。

払いわざの変形で、単純といえなくはない。

が、その速さがただごとではなかった。

まさに、斧で巨木を切り落とすさまに似た威力である。

この太刀行きを得るためには、いったい、どれぐらい修練を積めばよいものか。

かろうじて受けきったのは、俺の技倆ゆえではない。

心底、そう思った。

祖父の代より志村家に伝わる、幕末会津の名匠《めいしょう》、十一代和泉守兼定が鍛えし業物《わざもの》。

その強靱《きょうじん》さが自分を守ってくれたのだ。

もし、今出来《いまでき》の頼りない刀だったなら、二の払いを受けられたとしても、きっとへし折れてしまい、一心の肉体は胴のあたりでまっぷたつにされていたことだろう。

――いつの間にか、冷たいしずくが背筋を伝っていくのを感じた。

そんな一心に、雷四郎は哀れむような視線を投げた。

静かに、中段に構えなおし、ひとりごちるような口調で言い放つ。

「終わりだ。きさまには、もはや俺に抗《あらが》うすべはあるまい」

一心は唇を嚙《か》む。

くやしいが、図星であった。

自分の流派は北辰一刀流《ほくしんいっとうりゅう》。

さまざまな流派のなかでも、いちばん合理性を求めた正統派で、もっとも優れた剣術であると一心は信じている。

しかし、その北辰一刀流の技術を駆使したところで、続く雷四郎の攻撃を受けきれるとは思えない。

会津藩の御留流、門外不出の溝口派一刀流には、それほどの、まさに実戦から生まれてきた流派ならではの凄みがあった。

「最後だ。趣向を凝らそう」

かすかに笑みをたたえて、一心に告げた。

「七つの秘太刀のうち、きさまに披露していないものは、あと二つ。そのうちの一つ、徹《てっ》甲兜抜秘太刀《こうかぶとぬきのひだち》を放つ」

雷四郎は、意外なことを口にした。

対手《たいしゅ》の一心に、これから使う技を教えたのである。

「ごたいそうな名前がついているが、とどのつまり、突き技にすぎぬ。ただし、正確無比にして強力、狙った箇所を確実に貫き通す。たとえ、そこが鉄板で覆われていようとな」

何という驕《おご》り、何という傲慢《ごうまん》だろう。

すでに勝ちを得たとみて、どういうわざを振るうかをあらかじめ伝え、自分をなぶるつもりなのだ。

歯噛みした一心だったけれど、すぐに相手は、もっと怖い境地にいることに気づく。

雷四郎の声音には、少しも勝ち誇ったところがなく、むしろもの憂げだった。

つまり……今の言葉は、あらかじめ勝ち名乗りをあげたのではなく、取るべき手順を確認したにすぎない。雷四郎のなかでは、一心を血祭りにあげることはもう現実となっているのである。

「きさまの利き手、その二の腕を突くことにしよう」

淡々とした口調で、雷四郎は恐るべきことを断じた。

「そうして抵抗ができなくなったところで、耳を切り、鼻を削《そ》ぎ、指を落として、苦しませるだけ苦しませてやる」

残酷な宣言を最後に、雷四郎は唇を真一文字に結んだ。

闘争心というよりも恐怖心にかられて、一心は兼定を構え直す。

いかん、これでは……。

自分を叱咤《しった》しなくてはならぬありさまとなっていた。

おびえからだろうか、関節が凝りかたまり、とても自在に進退できる態勢ではない。

その一心を、雷四郎が正面から見据えてきた。

蛇が、獲物であるネズミをにらみつけ、身をすくませる。

そんな魔力を秘めているかと思わせるような眼光だった。

気圧《けお》された一心が、無意識のうちに後ずさりした刹那《せつな》――。

一筋の流星と化した雷四郎が駆けた。

みるみる刀身が大きくなり、相手の身体がその陰に隠れてしまったかのような錯覚を覚える。

さらに後方に跳びながら、一心は無我夢中で兼定を払う。

銀色の光が空しく宙を切った。
迫る。
雷四郎の刀の切っ先が迫る。
それは、正確に一心の右腕を狙っていた。
駄目だ……貫かれる！
一心が覚悟したのと、夢想だにしなかった響きが鳴り渡ったのは同時だった。
なぜかはわからない。
ただ、雷四郎の突きがわずかにそれる。
呻《うめ》き声をあげそうになるのを、からくもこらえた。
無銘の刀の先が、右腕の皮を裂き、肉を削いでいったのだ。
だが、貫かれてはいない。
剣を振るう上では致命傷になる、筋肉を断たれることだけはまぬがれていた。
突進してくる雷四郎と入れ替わるかたちで、一心は向こうに抜けた。
くるりと身をひるがえし、中段に構え直す。
油断なく、まわりを警戒しながらも、謎の音が響いたほうに眼をやる。
驚きを抑えきれず、あっと叫んでいた。
犬舎の出入り口に、Sが這《は》いでてきている。

その左手には、先ほどの決闘の際に一心が叩き落とした拳銃が握られていた。

絶体絶命の窮地から、一心を救いだしてくれたのは、Sだったのである。

先ほどは、師を討った心苦しさから、絶息《ぜっそく》しているかどうかをたしかめることはしなかったし、また、とどめを刺すに忍びなく、そのままにしておいた。

だが、Sは瀕死《ひんし》の状態にありながら、なお命をとどめていて、外に出てきて、とっさに射撃を加えてきたにちがいない。

雷四郎に命中させることこそできなかったものの、それによって身をかわすことを強いて、刺突の軌道を狂わせたのだ。

さもなくば、今ごろ、一心は利き腕の自由を失い、雷四郎の予告通りの無惨な目に遭わされていたことだろう。

しかし——なぜだ。

怪老人の腹心であるはずのSが、どうして一心を助けてくれたのか？

声にならない問いかけを察したか、息もたえだえになりながらも、Sが答えた。

「殺せるときには……確実に殺しておけ。慈悲は命取りになる……そう……教えたはずだ。イッシン……君は、まったく甘い……」

Sは、紙のように真っ白な顔色になっているというのに、気力を振り絞って、一心のところまで聞こえるような、よく通る声で語りかけてくる。

「……が、一流の間諜になるには……誠実さと……愛情が……必要だ……」

駆け寄って、Sを抱き起こしたかった。

けれども、雷四郎の白刃の前には、それもかなわぬ。

悲しみと憤りがないまぜになった感情を覚え、一心は、われしらずのうちに身を震わせていた。

そのさまを見たSは、かすかに首を振ったあとで、気丈にも莞爾《にっこり》と微笑《ほほえ》んだ。

「……イッシン……一流の間諜になったな……卒業だよ……」

それが、いまわのきわの言葉となった。

かろうじて支えられていた上体が、地面に伏してしまう。

奇怪なスパイは、たった今、数奇《すうき》な人生を終えたのであった。

「S、あなたは……」

こみあげてくる熱い気持のまま、一心は呟く。

自分を助けてくれた理由は、もはや問うまでもなかった。

一心の、間諜としては許されぬ甘さが、Sの氷の非情さを溶かし――彼は、生涯の最後において、感情のままに、愛弟子《まなでし》一心を救う一挙に出たのである。

「有り難う、S……俺は、このことは……」

絶対に忘れないと言いかけた。

が、それは、甲高《かんだか》い馬のいななきにさえぎられる。

そちらを見やった一心は、膝を叩きたくなった。

栗毛の馬が突進してくる。

早波だ。

通用門に待たせていた賢い駿馬《しゅんめ》が、緊張した気配から一心の危機を察して、駆けつけてきたにちがいない。

猛烈な疾走だが、一心はためらわなかった。

早波に跳びつき、軽わざのごとき身ごなしで、たちまち鞍上《あんじょう》のひととなる。

たづなを引いて、頭《こうべ》を裏門に向けた。

例の番兵が前に立ちはだかろうとしたが、抜き身の兼定を振り回されて、あわてて逃げ散る。

背中に雷四郎が追ってくる気配がしたけれど、さすがの彼といえども馬に追いつくことはできない。

一気に通用門まで駆け、外へ出た。

眼の前を突破された歩哨が、うろたえながらも誰何《すいか》をかけてくる。

当然のことながら、それを無視して進んだ一心の視界のすみで、歩哨がモシン・ナガン小銃を構えている。

とっさに、早波の尻を兼定の峰で叩き、いっそうの速駆けをさせる。

また、頃合いをみはからって、左右に跳躍させた。

間一髪、歩哨が放った小銃弾が、左足の横の空間を切り裂いていく。

ただし、第二弾は来ない。

距離が開きすぎて、命中させられないと判断したのであろう。

ほくそ笑んだ一心は、早波を励まし、市街を疾走した。

めざすは西、奉天めざして進撃している乃木第三軍の戦線である。

骨が砕け、肉がはじけようとも、急ぎ乃木将軍のもとに駆けつけ、ロシア軍が退却を決意したことを伝えるのだ。

そうすれば、その情報はすぐさま児玉総参謀長のもとに届けられ、日本軍は追撃に移る。

大勝利が得られるのは間違いない。

傷ついた右腕から血が噴き出すのもかまわず、一心はけんめいに早波を駆けさせた。

第六章　最後の死闘

1

初夏とはいえ、日が暮れると、ぐっと気温が下がる。

一心は、右腕の傷がうずくのを感じた。

しかし、ひさしぶりの故国の風だと思うと、やはり心地よい。

明治三十八（一九〇五）年四月、一心は十数年ぶりに東京に帰っていた。

奉天から、乃木第三軍のもとにたどりついたときには、ほとんど死にかけていたようなものだった。

雷四郎の斬撃で受けた傷に加えて、ロシア軍の警戒線を突破するときに、命中弾を受けたのである。

幸いにして急所には当たらなかったが、出血により、何度も意識を失いそうになった。

早波が賢さを発揮して、道を誤らずに第三軍の戦線に進んでくれたからよかったようなものの、そうでなければ、一心はあえなく満洲の土の下に埋められるはめになったかもしれない。

けれども、苦心の甲斐《かい》はあった。

ロシア軍が退却を決意したとの情報を知った児玉総参謀長は、ただちに全軍追撃を進言、大山満洲軍総司令官の同意を得た。

三月八日、大砂塵《だいさじん》が吹き荒れるなか、日本軍は総攻撃に移り、退却に入っていたロシア軍を捕捉する。

すでに、左右両翼を、日本の鴨緑江軍と第三軍に挟まれる態勢になっていたロシア軍は、予定以上の後退を決断せざるを得ず、ここに奉天会戦の帰趨《きすう》は定まった。

三月十日、満洲軍は奉天に入城、勝利の凱歌《がいか》を挙げたのである。

もっとも一心は、このあたりのことをまったく覚えていない。

ロシア軍退却を報告した直後に人事不省におちいり、そのまま野戦病院に搬送されたのだ。

あとで意識を回復してから聞くと、一心の功績を重んじた乃木将軍が、旧知で名医の誉れ高い第二軍の軍医部長に診《み》させたりもしたという。

だとすれば、かの森林太郎《もりりんたろう》軍医監《ぐんいかん》――というよりも、一般には鷗外《おうがい》の名のほうで知られているかもしれない――の手当てを受ける光栄に浴したわけだが、いっさい記憶にないのが惜しかった。

ともあれ後送され、さらに内地に運ばれた一心は、東京第一陸軍病院で治療に専念し、どうにか普通に動けるようになったのだ。

身体《からだ》を慣らす意味もあって、長い外国暮らしのうちに死に目にも会えぬまま亡くなった両親の墓にも詣《もう》でた。

場合によっては、今生《こんじょう》最後の墓参になるかもしれないと、非常の覚悟を固めてことだった。

——今、一心は横浜《よこはま》にいる。

潮風になぶられながら、高台に向かう坂道を登っているのである。

片手に提げているのは、いうまでもなく兼定だ。

街中を抜けてきたから、警官や通行人に見とがめられないよう、布に包んではいる。

が、それを、指が白くなるほど握りしめているところからも、普通でない勝負にのぞむところであるのは、おのずからわかるはずだった。

そう、一心は、最後の決闘におもむこうとしていたのだ。

日露戦争の勝敗、すなわち日本の運命がかかった戦いに……。

やがて、坂の上に至った一心は、街灯の淡い光にうかびあがった門を抜けた。

外人墓地である。

横浜開港以来、この地を訪れた外国人のうち、不運にも異郷に死すことになったものが葬《ほうむ》られている場所だ。

幕末、浦賀沖に出現して、開国を迫ったアメリカ艦隊の水兵から事故死したものが出たため、司令長官のペリー提督が埋葬する地を提供するよう要求したのが、そのはじまりだったといわれる。

彼の、海が見える丘をという願いに従い、ここが選ばれたのだ。

以来、横浜で亡くなった外国人は、この墓地に埋葬されるのが習いとなり、結果として、十字架の墓碑《ぼひ》が林立、あたかも西洋にいるかのような風景をかたちづくっている。

その、墓のあいだの通路を、一心はゆっくりと進んでいった。

晴れてはいるけれど、月がなくガス灯が頼りである。

とはいえ、めざす相手のもとに向かうのに、必ずしも明かりは必要ない。

先の十字路のあたりから、あきらかに殺気とわかる波動が伝わってきたからであった。

一心は立ち止まり、前方に眼《め》を凝らす。

薄闇のなかに、二人の男のシルエットが浮かび上がってきた。

一人は長身瘦軀《ちょうしんそうく》、もう一人は中肉中背の体格をしている。

また、歩を進めると、彼らの面立《おもだ》ちまでも見て取れるようになった。

餓狼《がろう》を思わせる、肉のそげた顔。

そのかたわらに立つ男は、今夜は最初から黒めがねをはずし、黄金色の瞳をあらわにしている。

「よく来たな、志村一心」

そう、そこに待っていたのは、諏訪雷四郎と怪老人であった。

怪老人は、しばし含み笑いを洩《も》らしたのちに話しかけてきた。

「融通《ゆうずう》のきかないことだ。日本の官憲に通報し、墓地を囲む可能性もあるかと思っていたが」

「心にもないことを口にするのはやめていただこう」

苦い調子で、一心は応じた。

ふところにひそませた手紙が、ずっしりと重く感じられる。

その内容からして——そして、怪老人が一心の性向を知り尽くしていることからすれば、指定された通りに、たった一人でやってくることは間違いないと確信しているはずなのだ。

にもかかわらず、そんなせりふをかけてくるなど、挑発以外の何ものでもない。

一心は、頭のなかで、陸軍第一病院宛に送られてきた手紙の文面を反芻《はんすう》した。

この間の遺恨《いこん》に決着をつけよう。

五月一日午後十時、横浜外人墓地にて待つ。ただ一人で来られたし。

万一、現れぬ場合は、今次の戦争でヨ本軍に決定的敗北をもたらすよう、諜報上の措置を取る。

……なんとも奇妙な書簡であり、ほかの場合ならば、一顧《いっこ》だにしなかったであろう。

ただし、末尾に「老」の一字と雷四郎の名が記されてあったとすれば、話は別である。

彼らが暗躍《あんやく》しているのなら、手紙の内容がはったりということは考えられない。

もちろん無視はできないし、怪老人が指摘したように、軍もしくは警察に助力を求めるのもやめたほうが賢明であろう。

おそらく、仮に自分たちが捕らえられても、ロシア側にその重要情報が伝わるような措置がなされているだろうし、そうなったら、本当に戦争の勝敗を左右するような影響が出るかもしれないのだ。

さらに、怪老人と雷四郎は、一心が、他人に頼るような性質《たち》ではないのを承知している。

これらの要素を考えあわせれば、一心が加勢を連れてくる心配をする必要などないのであった。

——ふいに、雷四郎が、横目で怪老人を見やった。

そのしぐさは、無駄口を叩《たた》かず、早く話を進めろということだったのであろう。

怪老人は肩をすくめると、一心に言った。

「お前のおかげで、奉天前面で日本軍を大敗させるという計画が狂ってしまった。たいしたものだ、この私のもくろみを外してしまうとはな」

言葉上は恨みごとを述べているようではあるけれど、怪老人の表情はむしろ愉快そうである。

きっと奉天の失点など、すぐに取り返せるものと信じて疑っていないのだ。

事実——日露大戦の結果はまだ定まってはいなかった。

「こうしているあいだにも、バルチック艦隊は極東海域に刻々と迫っている。日本の連合艦隊が、これに敗れたとしたら……いいや、決定的な打撃を与えそこねるだけでも、戦争のゆくえはいかようにでも変わる」

一心としては、まさか、うなずいてやるわけにはいかなかった。が、怪老人が口にしたことは痛いところを突いている。

たしかに、日本陸軍は奉天で勝利を得た。

しかしながら、満洲にいるロシア軍の息の根を止めたわけではないのだ。

残念なことに、日本軍には殲滅《せんめつ》戦を遂行するだけの余力がなく、ロシア軍は大損害を出しながらも後退し、態勢をととのえてしまった。

現在では、ヨーロッパ方面からの増援を受けて、むしろ強化され、反撃の機会を虎視《こし》眈々《たんたん》と狙っているというのが実情である。

一方、消耗した満洲軍には、これ以上の北進を続けることは不可能であった。そんなことをすれば、補給線が延びきり、かえってロシア軍の好餌《こうじ》となってしまうのだ。

こうして陸上戦が膠着《こうちゃく》状態になったのを受けて、世界の注目は海の戦いに移っていった。日本連合艦隊は、旅順のロシア艦隊が潰滅したおかげで封鎖の任を解かれ、日本本土に戻って軍艦を整備、再び戦いにのぞめる状態になっていた。

これに対して、バルト海を出撃した新手のロシア艦隊は、アフリカ大陸の南端、喜望峰をまわる一大航海を敢行、日本海軍と雌雄を決すべく、極東に向かっている。

このバルチック艦隊と称された敵との戦いにより、日本の運命が決まるというのは、衆目の一致するところであった。

もしバルチック艦隊が勝てば、日本の制海権は失われ、満洲の陸軍を補給することはできなくなる。ロシア陸軍はここぞとばかりに反撃に出て、日本軍を潰滅させるであろう。

逆に、連合艦隊がバルチック艦隊の撃破に成功したなら、さしもの強情なツァーリやロシア宮廷の重臣たちも戦争に見込みはないと観念し、講和に応じるにちがいない。

つまり、来るべき連合艦隊とバルチック艦隊の決戦こそ日露戦争の天王山《てんのうざん》であり、日本国が飛躍するか、はたまた没落するかは、その結果にかかっているのだった。

それだけに、一心としても、怪老人のいうことに耳を傾けなければならなかったのだが、彼はさらに、とほうもないことを言い出した。

「さて、ここで、バルチック艦隊司令長官ロジェストヴェンスキー提督に、連合艦隊がどこで待ち構えているかを教えてやったとしよう。さぞかし面白いことになるのではないかな」

怪老人は、陰翳《いんえい》の濃い微笑をひらめかせた。

2

一心の眉間《みけん》に、深い縦じわが刻まれる。

その指摘は、日露艦隊の決戦の焦点を正しく示すものであった。

バルチック艦隊がめざしているのは、日本海の奥にある軍港ウラジオストックである。ここは、極東ロシアと満洲の国境のずっと先にあり、旅順とちがって陸上から攻略するわけにはいかない。

つまり、このウラジオストックに入ってしまえば、バルチック艦隊はひとまず安泰となる。

日本近海の交通をおびやかすこともできれば、軍艦を整備し、兵員を充分訓練したのちに、連合艦隊に戦いをいどむこともできる。

そうなれば、昨年より長きにわたって展開された旅順のロシア艦隊をめぐる攻防が、より大規模なかたちで繰り返されるであろう。

日露戦争はいよいよ長期化し、国力に劣る日本の敗北は必至となる。

そんな事態をまぬがれたいと思えば、連合艦隊は、日本海に入ろうとするバルチック艦隊を撃滅し、ロシア帝国の最後の希望を打ち砕かなければならないのである。

そこで問題になるのは、バルチック艦隊がどの海峡を通るかということだった。

日本海の出入り口として、宗谷《そうや》、津軽《つがる》、対馬《つしま》の三つの海峡があることはいうまでもない。太平洋や南支那海から、ウラジオストックをめざそうとすれば、このどれかを通過しなければならない。

とはいえ、最北の宗谷海峡は、航行距離も長くなるし、流氷や濃霧といった悪条件も考慮に入れなければならないから、バルチック艦隊司令長官ロジェストヴェンスキー提督が、その航路を選ぶとは考えにくい。

残るは、対馬か、津軽。

連合艦隊を分割し、その両方に配置できれば、敵をつかまえそこねることはないけれども、兵力が半分になれば、勝ちは望めない。

従って、どちらの目に艦隊を張るか、ばくちを打たねばならないのである。

連合艦隊司令長官東郷平八郎《とうごうへいはちろう》大将が、このいずれからバルチック艦隊が来るかをみごと予見し、迎撃に成功すれば、勝利は確実であった。

地球を半周するほどの航海の末に極東に到達したバルチック艦隊を、艦艇の整備と兵員の訓練に万全を期し、満を持して待っていた連合艦隊が迎え撃つのだ。「佚《いつ》を以《もっ》て労《ろう》を待《ま》つ」、すなわち、充分に休養し、鋭気をやしなっておいた味方によって、疲れきった敵を撃つようにすべしという教えが、孫子《そんし》の兵法にある。

まさにその原則通りの展開が実現するのだから、連合艦隊が大勝利を得ることは疑いない。

ひるがえって、ロジェストヴェンスキーが東郷の裏をかき、連合艦隊のいない海峡を抜けてしまったなら、機雷などで多少の損害を受けることはあるにせよ、戦力を保ったままウラジオストックに入港することになる。

それは、九割九分、日本が戦争に敗れることを意味していた。

従って、バルチック艦隊が、いつどこで日本海に突入を試みるかは、全国民の関心事であるといっても過言ではない。

「知っての通り、私は、長く良い耳を持っている。じっと聞き入っていれば、東郷が、何を考えているかも伝わってくるのだ」

嘘《うそ》をつけ、とは、一心は言わなかった。

怪老人がたとえて言った「長く良い耳」、信じがたいほどの諜報網を以てすれば、なるほど、連合艦隊の最高機密を察知してのけたとしても不思議はない。

そうした怪老人の実力は、過去十年近くになる闇《やみ》の闘争の過程で、いやというほど思い知らされていた。

「東郷は、バルチック艦隊は対馬海峡を通ると判断し、朝鮮半島南端の鎮海湾《ちんかいわん》に連合艦隊主力を待機させている」

さりげない口調で、怪老人は告げた。

二の句が継げないとは、このことである。どこから察知したのか、相手は、日本の秘中の秘をつかんでいるのだ。

「いい読みだ。長い航海で、バルチック艦隊の軍艦は整備を受けられないままだ。性能は低下しているだろうし、水兵も疲れている。だとすれば、妙な小細工をせず、まっすぐに対馬海峡を突破すると考えるのが自然だろう」

「そのようなことを……」

どこから聞き込んだのだと、思わず一心は尋ねかけた。だが、途中で言葉を呑《の》み込む。むろん、間諜に情報の入手先を問うほど無駄なことはないからだ。

「当然、ロジェストヴェンスキーもそう判断する。無能であるにもかかわらず、ツァーリの寵愛《ちょうあい》ゆえにバルチック艦隊司令長官に任命されたのだなどと陰口を叩かれているが、あいつはなかなかの船乗りだからな」

一心の反応を観察しながら、怪老人は先を続けた。

「今、バルチック艦隊は、フランス領インドシナにいる。ツァーリは、勝利をより確実にするため、ロシア本国に残っていた艦船をかき集め、ロジェストヴェンスキーへの増援として送り出した。その後続艦隊が到着するのを待っているのだ」

またしても、驚くべきことを口にした。

バルチック艦隊が現在どこにいるかは、日本海軍にとっては、何をさしおいても知りたい情報なのである。

事実、連合艦隊の上部組織、海軍作戦全体をつかさどる軍令部は、各国に派遣している駐在武官や間諜を総動員して、それを探らせていた。一心も、負傷の治療中でなければ、とっくの昔に駆り出されていたことだろう。

そのバルチック艦隊の所在を、怪老人は把握しているという。

まったく根拠のない推測、いつわりを述べているのだろうと決めつけることもできたが、相手の手腕を考えると、そんな軽率《けいそつ》な断定をする気にはなれなかった。

「……ロジェストヴェンスキーは今ごろ、脳漿《のうしょう》を絞って、対馬か津軽かと思案しているところだろう。当然だ。連合艦隊が見張っていないほうの海峡を選ぶことができれば、それだけで戦争を勝利にみちびくことになるのだから」

巧みに状況を整理した怪老人は、ふと、上着の第一ボタンを外してみせた。

不自然にふくらんでいた胸元が揺れ、襟のあいだから、ハトが顔を出す。

「わかるな、一心。私は、この可愛《かわい》い鳥を使って、コジェストヴェンスキーに東郷の居場所を知らせてやれる。そうすれば、やつは大喜びで、連合艦隊のいない津軽海峡に向かうことだろうよ」

一心は、舌打ちを禁じ得なかった。

怪老人が隠していたのは、伝書バトにちがいない。

ひとたび、そのハトを放つや、それは、どこかの中継所に飛んでいき、連合艦隊の企図を記した暗号文を怪老人の部下に伝えるのであろう。

おそらく、そこには、無線か有線の通信機が備え付けてあって、たちどころにインドシナのロジェストヴェンスキーに通報するよう、手はずがととのえられているのだ。

けんめいに、一心は思考をめぐらせた。

まず、怪老人が言ったことは真実とみなしておかなければならない。

それが嘘であったならよい、けっして大事にはならぬが、本当であれば、日本国の死命を決しかねないのである。

では、この場を切り抜け、海軍軍令部に日本の思惑が洩れたと急報し、連合艦隊を対馬から津軽に移動させてもらうか。

……あり得ない。

考えついたとたんに、自ら否定した。

今、軍令部や連合艦隊には、来るべき海戦について、無数の真偽さだかならぬ情報が殺到しているはずだ。

一応、これまでの実績があるから、自分が伝えたことならば、考慮はしてもらえるだろう。

だが、はたして軍令部を納得させ、連合艦隊を動かすに至るかといえば、それほどの説得力はないと、一心自身認めざるを得ない。

ならば、怪老人と諏訪雷四郎を倒し、伝書バトが放たれるのを阻止するほかなかろう。

血風《けつぷう》が吹く予感に、武者震《むしやぶる》いがした。

大詰めだ。

十年近くにおよぶ雷四郎との因縁に決着をつけるときが来たのだ。

けれども、同時に大きな疑問が生じる。

得体の知れない相手であることを思えば、聞いてもはぐらかされてしまうかもしれない。

それでも――おそらく、生涯最大の決戦となるであろう闘争を前にした一心は、声に出して尋ねてみずにはいられなかった。

「教えてくれ、御老人。あなたは、何故《なにゆえ》にこんな大謀略をしかけるのか。むろん、莫大な報酬が約束されているのだろうが……」

一瞬口ごもった。

われながら、あまりにも馬鹿げた想像と思われたからである。

しかしながら、そうとしか考えられず、問いかけを重ねてみる。

「まるで、謀略そのものに淫《いん》しているかのようではないか。金や権力ではなく、世界を思うがままにあやつることのほうに主眼があると、俺にはみえる」

一気に断じると、老人が大きく眼を瞠《みは》った。

ゆっくりと、唇の両端が吊《つ》り上がり、笑みのかたちをつくる。

魔王の昏《くら》い笑顔であった。

「よくぞ見抜いた、志村一心。さよう、諜報を以て、世界を支配する。それこそが、この私の大願だ」

予想外なことに、怪老人は真情を吐露《とろ》しはじめた。

彼もまた、一心との闘争が絶頂にさしかかり――それが終わったときには、いずれの側かがこの世から消えてなくなるさだめだと察していたからかもしれない。

「私は、遠い昔、ある東洋の国に生まれた。白人どもの支配する植民地となった国にな」

怪老人の声が、暗い響きを帯びる。

かたわらで、雷四郎も耳を傾けていた。きっと、雷四郎でさえも初めて聞く話なのだろう。

「両親は、外国の圧制に抗し、義軍《ぎぐん》を組織した。されど、近代文明が生み出した大量殺戮《さつりく》兵器に、刀槍で立ち向かって、かなうはずもない。反乱は鎮圧され、父と母は一家を連れて、落ちのびた」

いつしか笑みが消え、阿修羅の像を連想させるような、悽愴《せいそう》な表情になっている。黄金色の瞳にも、赤黒い炎が揺れているかのようだった。

「そうして身をひそめていた両親を捕らえ、なぶり殺しにしたのが白人どもであったなら、私も、ちがった生き方をしたことだろう。だが」

怪老人が大きくかぶりを振った。

「わが一家を追い詰めたのは同胞《どうほう》であった。賞金欲しさに、父と母を狩りだしたばかりか、兄や妹、八十を過ぎていた祖父母までもむごたらしく死なせたのは、同じ東洋の血が流れ、ひとたびは仲間と思っていた連中であった」

一心は息を呑んだ。

初めてあいまみえてから十年近く、怪老人が人間に対して抱く嫌悪や不信をいぶかしく感じたことは、何度となくある。

だが、それが凄惨な体験に根ざしていたとは！

「密林に逃げ、ただ一人助かった。そのとき、私は九つだったぞ」

抑揚を殺した口調で、怪老人は淡々と語った。

が、その声音が、逆に心中の憤怒《ふんど》を伝えてくる。

「以来、私は誓った。ひとは獣よりも残虐で、悪魔よりも卑《いや》しいもの。ならば、二度といたぶられる側にまわってはならぬ。必ず、醜《みにく》きやつらをあやつる側にいなくては……」

いつしか、怪老人の言葉に、含み笑いが混じってくる。

どん底から這《は》い上がってくるまでのことを──おそらくは、流血と裏切りにみちた半生を回想し、高揚を覚えているのだ。

「植民地を支配する国の秘密警察にやとわれたのをきっかけに、私は諜報の道に踏み込み、どんどんその深みにはまっていった。これほどに素晴らしい世界があるとは、な。私は夢中になった。策をめぐらし、ひとの心の闇を突いて、憎み合い、殺し合わせる。そうしているうちに、私は、情報の操作によって、列強を思いのままにあやつる存在になりおおせたのだ」

とうとう、こらえきれなくなったのか、老人は哄笑《こうしょう》した。

耳をふさぎたくなるような笑声である。

これほどに人間の尊厳をおとしめ、愛や友情、信頼といったうるわしい心情を踏みにじる意志を感じさせる響きは、ほかにあるまい。

事実、震えおののいているのは、一心だけではなかった。冷血無情の雷四郎までも、うそ寒い表情を浮かべていたのだ。

「さりとて、ひとは永遠には生きられぬ。戦争、動乱、大虐殺……。どんな惨事をも自由に引き起こせるだけの謀略の蜘蛛《くも》の巣を張った私も、晩年を迎えた。だが、私はあきらめぬ」

決然とした口調で、怪老人は断じた。

「私の肉体は滅びようとも、生きとし生けるものに地獄の苦しみを嘗《な》めさせようとする意志は永遠だ。私が選んだ後継者というかたちを取って……」

黄金色の視線を、雷四郎に向ける。

さしもの餓狼の性《さが》の男も、一瞬気圧《けお》されたかのようにみえた。

「最初は、雷四郎めに、あとを継がせるかと考えた。なれど、一心、そこにお前が現れた。雷四郎に優《まさ》るとも劣らぬ資質を持ったお前がな」

片手をあげると、一心をまっすぐに指さした。

「雷四郎と戦え。勝ったほうが、わが闇の帝国のつぎなる王となる」

「たわけたことをほざくな!」

怪老人の勝手な言いぐさに、一心は思わず激発していた。

「俺は、日本の間諜だ。ひとを殺し、苦しめることが目的の組織の長になどならん」

「はたして、そうかな?」

薄笑いを浮かべながら、怪老人はうそぶいた。

「お前は、Sを殺したではないか。手を取って、スパイの基本を教えてくれた師を斬ったであろう」

一心は、言葉に詰まる。

否定できない事実であり――重い呵責《かしやく》を感じさせる傷であった。

「そうだ、お前のなかにも、ひとを裏切り、傷つけ、支配したいという欲望が息づいている。ならば」

再び、神経を逆撫《さかな》でするような笑声をあげてから、怪老人は断じた。

「いかに口では抵抗していようと、わが陣営に身を投じる素質は充分にあるさ」

不気味なせりふとともに、怪老人は後方に跳びのく。

代わって、雷四郎が前に出る。

その無銘の刀は、すでに鯉口《こいぐち》が切られていた。

3

やるしかない。

ロシアとの戦争に勝ち抜き、祖国日本を救うためにも……いいや、俺自身が人間であるために！

ついに、一心は兼定を抜きはなった。

もう雷四郎も中段の構えを取っている。

ずっと昔には、格下の一心をあなどり、無造作に斬りかかってきたものだ。

が、今となっては、そんな驕慢《きょうまん》は命取りになる。

雷四郎がそう考えているのが伝わってくるような、隙のない姿勢であった。

一心もまた、攻防いずれにも対応できる中段の構えを選ぶ。

十字路の中央で、両者の間合いがしだいに詰まり——火花が散った。

怒濤《どとう》の勢いで、雷四郎が仕掛けてきたのである。

突き、薙《な》ぎ、撃ちこむ。

無我夢中で受けたが、押される一方で、反撃ができない。

たまらず、墓碑のあいだに逃れたが、疾風《しっぷう》と化した雷四郎の追撃が止《や》まぬ。

石の十字架に身を隠そうとしても、手練の突きが放たれてくるのだ。

そうして追い込まれているうちに、一心は、開けた十字路に追い返されていた。

「……ふむ、こんなものか」

ばちあたりにも、ゆくてをふさいでいた、十字が刻まれた板状の墓石を蹴り倒し、雷四郎がゆうぜんと踏み出してくる。

あれほど激しく動いたというのに、息も切らしていなかった。

その言葉に、一心も相手の意図をさとった。

ひと当てして、こちらの状態を探ったのであろう。

奉天で受けた傷は、どのぐらい癒《い》えているか。
病院の寝台に横たわっているうちに、わざの切れ味が鈍ったかどうか。
雷四郎は、斬り合いによって、それをたしかめたのである。
「実際、腕を上げた。そのことは認めてやろう」
油断なく中段に構えたまま、雷四郎が言った。
かかとを上げ、自在に進退できるような身構えで進んでくる。
一心は、じりじりとさがるしかない。
が、数メートル、斬撃を放てるか放てないかの間合いで、ぴたりと止まった。
そのさまに、雷四郎も歩みを止める。
まっすぐに、一心を見据えてきた。
一心もまた眼をそらさず、視線の圧力をはねかえす。
ここからだ、と自分に言い聞かせた。
今から数秒のうちに勝負は決まる。
いずれかが大地に倒れ伏し、長年繰り返されてきた死闘も終わるのだ。
そのとき、立っているのは、この俺だ。
胸のなかでそう誓った一心に、雷四郎が話しかけてくる。
憎悪と——これまでに聞いたことのない情感がこもった声音であった。

「一心、きさまと俺とは、神とやらがはかったのかと思うぐらい、正反対であった」

ほんの一瞬、白い歯がきらめいた。

雷四郎が狼の笑いをひらめかせたのである。

「俺は、旧会津藩士の家に生まれ、貧窮のうちに育ち、母を失った。その母に何もしてやれなかった父を斬り、出奔《しゅっぽん》したのだ。これは、いつか話してやったな?」

たえまなく切っ先を震わせながらも――一心が習得した北辰一刀流で使われる、せきれいの構えだ――一心はうなずいた。

あれは支那に潜入したときのことであったか、雷四郎に親殺しの過去を聞かされて、立っている地面がくずれるような衝撃を覚えたものである。

「だから、会津に伝わる『什《じゅう》の掟《おきて》』など、くそくらえと思っていた」

一心は、眉を寄せた。

ひとつ、うそを言うことはなりませぬ。

ひとつ、卑怯《ひきょう》な振る舞いをしてはなりませぬ。

ひとつ、弱い者をいじめてはなりませぬ……。

什の掟とは、会津の武士の子が幼いころから叩き込まれる、人生の規則であった。

戊辰《ぼしん》の役の際に会津に走り、官軍に徹底抗戦した父親は、この道徳律を気に入り、一心に教え込んだ。

その什の掟を否定されては、気色《けしき》ばまずにはいられぬ。

「それ、そこさ。きさま、俺の大嫌いな什の掟を日々唱えているような面《つら》つきをしていやがる」

一心の表情から心の動きを読んだのか、雷四郎は吐き捨てるように言った。双眸《そうぼう》に、危険な光が宿っている。

「ゆえに――斬る。什の掟などお笑いぐさだ。ひとを裏切り、策謀をめぐらしてきた、この俺の生き方こそが正しいと証明するためにな」

低い声で断じた雷四郎は、もう無駄口を叩かなかった。

つぎの瞬間、一心は、あっと叫びそうになった。

雷四郎は、高々と頭上に剣を掲げたのである。

正々堂々たる王者の構え。

大鷲《おおわし》が両の翼を広げたさまを思わせる、上段の構えであった。

「破邪泰山之秘太刀《はじやたいざんのひだち》……会津藩御留流溝口派一刀流の奥義だ」

一歩進みながら、雷四郎が告げる。

「このわざで、お前を殺す」

言い終わったとたんに、恐ろしいほどの殺気が発せられた。

生まれて初めて、一心は、勝てないと思った。

剣術の師匠や父親に対したときも、どんな強敵と試合《しあ》ったときも、こんな情けない感情を抱いたことはない。

だが、今の雷四郎は、それほどの剣威《けんい》を発していたのだ。

しかし――負けるわけにはいかない。

自分が敗れれば、日本はどうなる。

怪老人の帝国を継いだ雷四郎にあやつられる世界はどうなる。

父は子を殺し、子は親を裏切り、流血と破壊が陸と海を支配し……地獄が現実のものとなってしまう！

たとえ、おのが命を失うことになろうとも、雷四郎を斃《たお》さなくてはならないと、一心は決めた。

深く息を吸う。

心が、驚くほど澄明になった。

光と影、白と黒。

きわだった対照をなす二人が、刹那《せつな》ののちに、ともに電光を発した。

雷鳴のごとき気合いとともに、雷四郎が跳び、一心の頭をめがけて、最上段からの斬撃が降る。

けれど、一心には恐れもひるみもない。

無心のまま、身体が最善の動きをなしていた。

夫剣者瞬息心気力一致《それけんはしゆんそくしんきりよくのいつち》。

北辰一刀流の祖、千葉周作《ちばしゆうさく》の教え通りに兼定が放たれる。

雷四郎の渾身《こんしん》の一撃を、こちらも全力をこめて摺《す》りあげ――撃ちこむ！

向こう側に駆け抜けた一心が、身をひるがえし、構え直したときにも、雷四郎は背中を向けたままであった。

その上体がゆらゆらと揺れ、苦しげな声が洩れる。

「是非《ぜひ》も……ない。あれを……受けられたのでは……な」

いまわのきわの言葉に、自嘲《じちよう》の笑いが混じったと思ったのは、錯覚であったか。

つぎの瞬間、雷四郎は、どうとうつぶせに倒れた。

一心は、ほっと息をつく。

手にした兼定の刀身を見やり、がくぜんとする。

中程から折れて、切っ先がどこかに飛んでいた。

だが、無理もない。

あれほどの強烈な斬撃を、もっとも負荷のかかるかたちで摺りあげた上に、必殺の一撃を加えたのである。

いかに名匠十一代目和泉守兼定が鍛えた業物《わざもの》であろうと、耐えかねたのであろう。

それぐらい、雷四郎の秘技、破邪泰山之秘太刀は、すさまじい威力を持っていた。

おそらく、薩摩《さつま》の示現《じげん》流と同じ思想で、二の太刀や受けなどを考えることなく、ただ先制の一撃にすべてを賭《か》けるわざなのであろう。

この、いかにも会津武士らしい爽快な秘太刀に、邪道に堕《お》ちた雷四郎も最後は頼らざるを得なかった。

そのことが皮肉に思え……一心は、片手をあげて雷四郎の冥福《めいふく》を祈る。

しかし、一心をまどわす悪魔は、まだあきらめてはいなかった。

「ほほう、雷四郎を斃したか。さすがだ、志村一心」

強敵の死を悼《いた》む一心にとっては許しがたい、非情で無神経な言葉だった。

が、ロシアとの戦争の行く末を考えれば、無視するわけにはいかない。

声のしたほうに向き直った一心の眼に、拳銃を構えた怪老人の姿が飛び込んできた。雷四郎との死闘に決着がついたとみたか、隠し持っていた拳銃を抜いていたのである。

「これで、私の後継者はお前に決まった。さあ、私とともに来るがよい」

「誰がゆくものか」

反射的に発したせりふに、怪老人は含み笑いを洩らす。

「いいや、お前は来なくてはならぬ。さもなくば」

空いた左手で、胸元に抱いたハトの首を撫でた。

「こやつを放ち、連合艦隊が待っているのは対馬海峡だと、ロジェストヴェンスキーに教えてやるまでよ」

ハトが軽やかにさえずるのを楽しげに聞きながら、怪老人は告げた。

「お前の祖国が滅び、植民地になるのを見たくはあるまい。それが嫌なら、私の言いつけを聞くのだ。なに、すぐに、愚かな人間どもをオモチャにする楽しみを覚えて、私に感謝するようになるぞ」

おぞましい予言に、一心は総毛だった。

そんなことを許してなるものか。

「けっして、そうはなりませんぞ、御老人。もし、ハトを放つというなら……」

折れた兼定を構え直し、腕ずくでも阻止するとの意志を示す。ところが、怪老人は、これは可笑《おか》しいとでもいうふうに笑みくずれた。

「私を殺すとでもいうのかね？　できるのか、お前に。Sを斬ったぐらいであんなに動揺していた坊やが、弱い年寄りを亡きものにすると？」

ひとしきり耳ざわりな笑声をあげた怪老人は、おおげさなしぐさで、拳銃を振ってみせた。

「こんなものも要らないぐらいだ。お前には、自分より劣ったものを斬ることなどできない。つまらぬ道徳に囚《とら》われているからな」

一心は唇を嚙《か》んだ。

同時に、会津藩什の掟の「ひとつ、弱い者をいじめてはなりませぬ」という言葉が頭をよぎる。

怪老人のいうことは事実だった。

拳銃で武装しているとはいえ、踏み込んで突けば――自らは撃たれて死ぬことになるかもしれないが――相手を確実にしとめることができる。

けれども、悪の巨魁《きよかい》とはいえ、無力な老人を殺せるか。

自問してみても……答えは出せなかった。

「ふふ、お前のその甘さ、それが私の最大の武器だ」

再び含み笑いを洩らした怪老人は、冷酷な表情になった。

「さあ、来い。最初は良心とやらが邪魔をするとしても、アヘンをひと吸いすれば、簡単にマヒしてしまう。そうして、女を殺し、子供を殺し、老人を殺しているうちに、私と同じような怪物になれる。麻薬になど頼らなくとも、世界を動かす快感ゆえに、謀略をほどこさずにはいられなくなるぞ」

「馬鹿な……俺には、そんな真似《まね》はできない」

「では、そこで突っ立って、日本を亡国にみちびく情報が送られるのを、指をくわえて眺めているのかね」

出番はまだかとでもいうふうに、しきりに首を動かしている伝書バトをなだめつつ、老人はうそぶく。

一心は歯噛みした。

どうする？

このまま、怪老人がバルチック艦隊に通報するのを見過ごすのか。

それは、今の指摘通り、日本が戦争に敗れ、ロシアに屈することを意味する。国民は、彼らロシア人に支配され、奴隷《どれい》のような暮らしを送ることになる。

さりとて——老人を斃すというような真似が、自分にできるかどうか。

懊悩《おうのう》する一心を、怪老人が手招きした。

「来たれ、わがもとに。日本もロシアもない。世界を意のままにあやつる魔王となるために……」

その声音は、黒魔術をほどこされているのかと思うぐらいに、奇妙なほど蠱惑的《こわくてき》な響きを帯びていた。

われしらずのうちに、一歩を踏みだす。

「そうだ、情けも愛も、誠実さも、邪魔なものは、何もかも忘れてしまえ。完璧な間諜として、闇に君臨《くんりん》するがいい」

ためらい、また進み、さらに躊躇《ちゅうちょ》する。

怪老人の世迷い言に乗らぬまでも、祖国の敗北を防ぐためには、彼を斃さねばならぬ。

懊悩する一心の胸に、Sの最後の言葉が浮かんできた。

（……イッシン……一流の間諜になったな……卒業だよ……）

それが背中を押した。

怪老人に向かい、早足に歩を進める。

一心が屈したと思ったのか、一瞬破顔した怪老人の顔がくしゃくしゃにゆがむ。

相手が、折れた兼定を構えているのを認めたのである。

「おのれ、小僧！」

引き金をひこうとしたけれども、すでに遅かった。

ふところに跳び込んできた一心が、残る兼定の刀身を怪老人の胸に突き刺したのだ。

「……一心。無力な老人を殺して……後悔せぬか……一生、ついてまわるぞ……」

あおのけに倒れながら、怪老人は凄惨《せいさん》な笑いを浮かべつつ、呪詛《じゅそ》を浴びせる。

一心は、さすがに蒼白《そうはく》になっていたけれど、静かに言い返す。

「斬れるときに斬るべき敵を斬っておかないと、大事なひとを失うことになる。もっと早くわかっているべきだったよ」

Sを殺すはめになる前に、と、これは声に出さずに、口のなかで呟く。

そのときには、怪老人はこときれていた。

ほっと息をついたのもつかの間、白いものが飛び立ち、一心の頬をかすめる。

伝書バトだ。

怪老人が倒れた勢いで、上着の襟がゆるんだために、羽ばたく余地を得て、夜の空に舞い上がったのである。

一心は、振り向きもしなかった。

ふところに忍ばせていたナイフを抜き、肩越しに投げる。

哀れなハトの鳴き声が響き、続いて地面に落ちるのが伝わってきた。

しばらく、羽根を動かす音がしていたが、それもじきに止んだ。

……終わった。

一心は、その場に膝を突いてしまった。

ひどく疲れている。

また、胸に穴があいて、そこを乾いた風が通りすぎていくようでもある。

しかしながら、一心の旅は終わった。

間諜として完成した存在になるための、長い長い旅路が――。

折れた兼定の刀身を支えとして、一心は、しばらくそうしていた。

やがて、不思議な充実感がこみあげてくる。

間諜の道を志してより、およそ十年。

一心は、やりとげたのであった。

終章　光る闇に向かって

明治三十八（一九〇五）年七月八日、横浜市内は日の丸の旗であふれかえっていた。横浜駅から波止場までの道の両脇は群集でいっぱいであり、それが、やってきた馬車に万歳三唱を浴びせかける。

馬車に乗っているのは、外務大臣小村寿太郎《こむらじゅたろう》であった。彼は、これよりアメリカに向かい、全権代表として日露の講和会議にのぞむのである。

そう、日本は奇跡的な勝利をあげ、対ロシア戦争を終結にみちびかんとしているのだった。

決め手となったのは、五月二十七日の日本海海戦である。

哨戒にあたっていた仮装巡洋艦「信濃丸《しなのまる》」より、バルチック艦隊迫るとの急報を受けた連合艦隊主力は鎮海湾を出撃、決戦に向かった。

このとき、大本営宛てに発された電文には、「敵艦見ユトノ警報ニ接シ、連合艦隊ハ直《ただ》チニ出動、コレヲ撃滅セントス。本日天気晴朗ナレドモ波高シ」とある。

まさに、国が興《おこ》るときにのみ生まれる名文といえよう。

かくて、対馬海峡に捕捉されたバルチック艦隊に勝ち目はなかった。

有名な敵前大回頭により、ゆくてをさえぎられた敵艦隊に、連合艦隊の戦艦群が圧倒的な砲火を浴びせる。

戦闘開始からわずか一時間ほどで、戦艦「オスラービア」が沈没したのを皮切りに、バルチック艦隊からは、撃沈されたり、脱落する艦が続出した。

夜の帳《とばり》が降りて、日本の主力艦が去ってからも、バルチック艦隊の受難は終わらない。駆逐艦《くちくかん》や水雷艇《すいらいてい》が、魚雷でとどめを刺してやるとばかりに夜襲にかかったのである。

明けて五月二十八日の朝日が昇るころには、バルチック艦隊は事実上潰滅していた。

司令長官ロジェストヴェンスキー提督とその副将ネボガトフ提督は捕虜となり、主力艦はすべて海の藻屑《もくず》となったのだ。

結局、バルチック艦隊三十八隻中、目的地のウラジオストックに入港できたのは、小型巡洋艦一隻と駆逐艦二隻にすぎなかった。

これほどの大戦果の代償に、日本海軍が支払ったものといえば、わずか水雷艇三隻の沈没のみ。

世界海戦史上まれにみるパーフェクト・ゲームといえた。

国民は熱狂し、東郷提督を世界一の名将と讃《たた》えた。

事実、この日本海海戦の勝利によって、ついにツァーリも停戦に傾き、アメリカ大統領ルーズヴェルトの仲介により、米国ポーツマスで講和会議が開催される運びとなる。

しかし——勝利への道のかたわらに、連合艦隊の対馬海峡での待機方針がロジェストヴェンスキーに洩れるのを命がけで阻止した男がいたことなど、小村に歓声を浴びせる群集には知るよしもない。

その男、志村一心は、小村全権よりも一足早く、横浜に停泊したアメリカ汽船「ミネソタ」号の甲板にいた。

眼下に、小村全権一行が乗った小汽船が、舷側《げんそく》に近寄ってくるのが見える。

そのずっと後ろにある波止場では、なお歓呼《かんこ》の声がどよもしている。

一心は、左頰の薄い傷あとを撫《な》でながら、苦笑した。

国民は大国ロシアに勝ったと浮かれあがり、多額の賠償金や領土割譲にありつけるものと信じ込んでいる。

だが、奉天会戦に敗れ、日本海海戦で海軍力を喪失したとはいえ、ツァーリの宮廷には、いまだ戦争継続を唱えるものが少なくない。

それが空いばりではなく、実力に裏打ちされているから、始末が悪かった。ロシア軍は、シベリア鉄道を活用し、ハルビン以南に大兵力を集結させていたのである。

もし講和会議が決裂し、戦闘が再開されれば、このロシア軍は、疲れ切った満洲軍に決戦を挑み、今度こそ撃滅してしまうかもしれない。

そんな事態を回避するために、日本政府は、なんとしても和平を結ぶことを望んだ。

それには、ロシア側の真意や軍事・外政、さらには内政の実情を把握しなければならない。

よって、今や日本間諜の切り札的存在となった志村一心が起用され、ひそかに小村全権に随行することとなったのだ。

またしても困難な任務である。

ロシアの密偵はもちろん、あいだに入ったアメリカの官憲も自国内での諜報活動など許さぬと、厳しく警戒にあたるにちがいない。

陰謀、裏切り、流血といった事態におちいることもままあるだろう。

しかし、一心には、もうためらいはなかった。

なるほど、間諜の世界は、無明《むみよう》の闇にみちみちている。

非情な措置を強いられることも多い。

けれども、この国を愛し、そして国民が正義と誇りを守っているかぎり、諜報の闇のかなたには光が差しているはずだ。

今の一心には、自然にそう思えた。

その光る闇に向けて、俺は踏みだしていく。

心が痛み、身を傷つけることもあるだろう。

苦しみにうちひしがれる夜も来るかもしれない。

だとしても、この国に、そして世界に安寧《あんねい》をもたらすことができるのなら、後悔などしない。

——絶対に！

もう一度、頬の古傷、今は亡き宿敵につけられた傷あとを撫でる。

その表情は、百戦錬磨の敏腕間諜のそれにほかならなかった。

（完）

解説

縄田一男

かつて明けなかった夜はなく、終わらなかった小説はない。だが私は、この四巻の連作と、そして、快男児志村一心との決別を心の底から惜しむものである。その一心の横顔を作中から拾うと、

男の輝きは、黒でふち取られていた。

左頬に、うっすらと向かい傷のあとが残っており――といっても、この薄明かりのもとでは、彼を見たものがいたとしても、よほど眼《め》を凝《こ》らさなくては気づかなかっただろう――それが、日の当たる場所ばかりを歩いてきたわけではないということをおのずから悟らせるのであった。

陽の当たる場所ばかりではない――左様、彼こそは、日本の誇るスパイ王なのである。

では何故、陸軍中尉であった彼が間諜《かんちょう》の道に足を踏み入れたかといえば、明治二十八年、三国干渉に対する憤激故に、ドイツ外務省主催のレセプションで、独仏露の外交官をことごとく叩き伏せたのがきっかけだ。軍を辞した彼は、正体不明のSなる人物から、徹底的にスパイ教育を仕込まれたのだ。

その一心がこれまで行ってきた任務は、鉄血宰相ビスマルクの対日政策をさぐることにはじまり、義和団事件に際して、北京で包囲されている味方のもとに潜入して実情を把握、さらには、ロシアの最新戦艦の設計図を奪取。そして、旅順要塞をめぐる諜報戦を展開するなど、正に手に汗握るものばかり。

それらが、第一巻の「ビスマルクの陰謀」から第三巻の「旅順の謎」までに書かれており、共通する登場人物もいるため、ぜひ、第一巻からお読みになることをお勧めする。

特に第三巻の「旅順の謎」は、日露戦争前夜を背景としており、本書「日露スパイ決戦」と前後篇ともいうべき内容を持っているので、ぜひご一読を——。

何、心配はいりません。面白さは一〇〇パーセント保証付きなのですから。

さて、作品の時間軸は日清戦争後から日露戦争終結までのおおよそ十年となっているが、作者は、何故、作品の舞台を、明治としたのか。

私はそこに、赤城毅の、戦前に翻訳され、〈外套と短剣〉と呼ばれた——例えばオッペンハイムの『日東のプリンス』のような——古式床しき古典的スパイ小説へのオマージュを見るのだが、どうであろうか。

もうここからは、作品の内容に立ち入るので、ぜひともはじめの三巻を未読の方は、書店へ走ってから読んでいただきたいのだが、今回の志村に与えられた使命は、ロシア艦隊撃滅のため、二百三高地を占領できれば、そこからロシア艦隊のいる港が見下ろせるか偵察せよ、というもの。

ここで一心は、思わぬかたちで、かつての師Sと再会、任務を完了させるのだが、次なる指令、児玉源太郎から発せられた「日露戦争の関ヶ原」たる奉天会戦の帰趨《きすう》をさぐるべく、クロパトキンの司令部に潜入せよ、では、Sばかりか、宿敵諏訪雷四郎と彼をあやつる悪魔の怪老人と再会する。

そして——ここからは絶対に解説を先に読んではいけません。そして、いまや二重スパイの正体を明らかにしたSの命を奪った一心は、
俺は、師を討ったのだ。

この手で……この兼定で！

と激しく動揺する。この後、雷四郎との対決が控えているのも知らずに。

が、雷四郎の斬撃を危機一髪のところで救ったのは、息も絶え絶えのSではないか。

Sはいう。

「……が、一流の間諜になるには……誠実さと……愛情が……必要だ……」

この台詞《せりふ》は怪老人の、

「情けや友愛は邪魔、愛国心とやらも無用。自らがあやつるままに他人が動く」

ということばと対比される。

古式床しきエスピオナージュでは、敵役はどこまでもひたすら悪魔的だが、主役、もし

くはその側にいる者たちは、単なる殺人機械ではない。

そして、一心とSのあいだに流れるもの――それは〈武士の情け〉ではないのか。最後は、横浜の外人墓地で、日本海海戦の行方をめぐり、一心と、怪老人、雷四郎の対決が行われる。

結末はあえて書かないが、この第四巻で特筆すべきことは、司馬遼太郎の『坂の上の雲』でお馴染《なじ》みの秋山兄弟が登場する点ではないのか。

では何故、作者は秋山兄弟を登場させたのか。そこには一つの問いがあるように思われる。あれから日本人は一つの理想＝〈坂の上の雲〉に手が届いたのだろうか。

それは、実のところ、一心のように無明の闇を行く者にしか分からないのではないか。

さらば怪男児、さらば志村一心！

願わくば、いまひとたびの再会を願って。

（なわた・かずお／文芸評論家）

Haruki Bunko
ハルキ文庫

あ 24-5

冒険王《ぼうけんおう》4 日露《にちろ》スパイ決戦《けっせん》

著者 赤城《あかぎ》 毅《つよし》

2015年12月18日第一刷発行

発行者 角川春樹

発行所 株式会社角川春樹事務所
〒102-0074 東京都千代田区九段南2-1-30 イタリア文化会館

電話 03(3263)5247(編集)
03(3263)5881(営業)

印刷・製本 中央精版印刷株式会社

フォーマット・デザイン 芦澤泰偉
表紙イラストレーション 門坂 流

ISBN978-4-7584-3965-7 C0193 ©2015 Tsuyoshi Akagi Printed in Japan
http://www.kadokawaharuki.co.jp/[営業]
fanmail@kadokawaharuki.co.jp[編集] ご意見・ご感想をお寄せください。